KB183626

바람 맞고 비에 젖어도

꽃바람 꽃비

바람 맞고 비에 젖어도

꽃바람 꽃비

조현철 글
이희옥 그림

생각의닻

내 삶의 여정을 밝혀준 가장 소중한 사람,

아내와 딸에게 이 책을 기꺼이 바칩니다.

가족, 아직도 설레는 이름

오래도록 망설였습니다. 세는 나이로 칠십 줄에 들어서 필력을 쏟느라 책상에 엎드려 있는 시간이 부질없지 않을까, 공연히 이런저런 넋두리를 쏟아내 눈살 찌푸려지는 일을 만드는 것은 아닐까 주저하기도 했습니다. 하지만 제 인생의 좋은 일 기쁜 날이, 쓰리고 시린 날보다 더 많다는 이유를 들어 기어코 용기를 냈습니다.

졸저 《꽃바람, 꽃비》는 무엇보다 소중한 나의 가족에게 바치는 작은 선물이기도 합니다. 돌아가신 부모님, 그리고 형제들 아내와 딸, 사위, 손주들을 더 적극적으로 기억하고 되새기는 일이기 때문에 더 미룰 수 없다고 생각했습니다.

젊은 시절부터 틈틈이 써둔 편지들을 고스란히 보관한 덕분에 밑글의 소재는 넉넉했습니다. 다듬고 벼리는 작업을 하는 동안 새삼 옛일이 되짚어져 남몰래 눈물을 훔치기도 했습니다.

편지를 뒤적여보니 다행히 한탄과 후회보다 결의와 다짐, 감사와 축복의 내용이 훨씬 많아서, 세상을 긍정적으로 열심히 살아왔다는 자부심 하나는 확실하게 건질 수 있었습니다.

책장을 넘기는 동안, 혹 필자의 짧은 소견에 혀를 차는 분도 계실지 모르지만 그래도 모든 원고의 원천인 사연마다 진심이 듬뿍 담긴 사실만큼은 인정하실 것이라 믿습니다. 허투루 살지 않으려고 젊은 날 스스로에게만큼은 엄격했던 기억이 아직도 생생합니다.

걸어온 날이 부끄러웠다면 차마 펜을 들 염치가 없었을지도 모릅니다. 남들을 제치고 자신만 챙겼던 이기적 성품이었다면 이름 석 자 걸고 책을 낼 엄두도 내지 못했을 것입니다. 하지만 되돌아보건대 적어도 함께 차린 밥상에서 먼저 숟가락 들지 않았던 삶이었습니다. 헛된 공적에 목매고, 앞뒤 없는 생색에 매몰된 태도를 가장 경계하던 지난 날이었습니다.

보잘 것없는 필부의 추억이 과연 궁금할지 조심스럽지만, 가족들과 나눈 정을 곱씹어본 일은 실로 의미가 깊었습니다. 이 책 대부분의 지면을 할애한 이유도 가족의 소중함을 되새기기 위함입니다. 누구나 자신의 인생에서 소중한 가치를 찾고 그 목적에 헌신합니다. 제 인생의 가장 커다란 가치는 역시 가족입니다. 단지 피붙이, 살붙이의 연으로만 묶이지 않고 비슷한 가치관과 철학으로 살았던 인생의 동반자로서 함께 웃고 울었던 추억을 영원히 공유하고 싶었습니다.

가족과의 추억에 덧붙여서 어설픈 지식이나마 사색의 표현들을 더했습니다. 상식에 기반한 윤리적 단상들을 엮어, 읽는 분들에게 공감을 드리기 위한 고민도 했습니다. 신중함을 기했지만, 부족한 역량을 절감하며 부디 읽는 분들의 넓은 아량을 기대합니다.

2024년 겨울

조현철

목차

흔들림 없는 약속

삶 그리고 일

가족, 나를 비추는 거울

| 일러두기 |

1. 이 책은 저자와 그의 가족들이 30여 년간 모아온 편지와 일기를 바탕으로 만들어졌다.
2. 편지나 일기를 쓸 당시의 느낌을 고스란히 전달하기 위해 원문 그대로를 인용했다. 그리고 인용된 글은 짙은 녹색 글씨로 표기했다.

부모가 되는 것 자체가 큰 공부

어찌 애간장이 녹지 않으랴

오늘은 우리 부부의 소중한 딸 현이가 고등학교에 입학하는 날이다. 가슴이 벅차올라 견딜 수가 없다. 품 안의 자식인 줄로만 알았는데 벌써 여고생이라니, 감회가 남다르고 새로운 감동이 밀려온다.

'치사랑보다 내리사랑'이라고, 부모가 자식을 사랑하는 마음만큼 '애끓는 것'이 있을까? 표현부터가 절절하다. 예로부터 자식 사랑하는 마음을 '애가 끓는다', '애가 닳는다', '애간장이 녹는다'고 표현해왔으니, 우리네 정서란 참 지독한 면이 있다. 여기서 말하는 '애'란 우리 몸의 가장 중요한 장기 중 하나인 '간'을 말하는데, 아무리 비유라지만 과장이 지나쳐 보인다. 하지만 갓난아기 시절부터 품 안에서 어르고 달래가며 자식을 키워본 사람이라면, 이 표현이 오히려 모자란 면이 있다고 여길 것이다.

이유 없이 악을 쓰고 울어대는 젖먹이 자식의 배를 손으로 쓰다듬으며 밤을 꼬박 새운 기억이 있다면, 아마도 그이의 애간장은 절반쯤 녹았을 것이다. 집에 돌아올 시간이 되었는데도 연락조차 없는 아이를 기다리느라 발을 동동 구른 기억이 있다면 아마도 그 이의 애도 닳고 닳아 쪼그라들었을 것이다. 이런저런 이유로 주눅 들고 기죽은 자식의 처연한 표정을 마주 대한 기억이 있다면, 아마도 그이 역시 애가 펄펄 끓어 남몰래 가슴을 쥐어뜯었을 것이다.

정도의 차이야 있겠지만 누구나 그런 부모의 정성 속에 자란 귀한 자식들이다. 가장 직설적인 애정표현, '아이구, 내 새끼'란 말 속에는 차마 숨길 수 없어 흘러넘치는 사랑의 페이소스가 뚝뚝 묻어난다. 아무래도 내 자식은 더 특별할 수밖에 없다. 무탈하게 이만큼 커온 것도 대견하지만, 앞으로도 더 많은 것을 배우고 사회에 기여하는 사람, 누구에게나 존중받고 사랑받는 사람으로 컸으면 좋겠다고 조용히 소원을 빌어본다.

자식을 기를 때 이런저런 사연 없는 이들이 있으랴. '부모'란 이름을 달고 사는 이들은 참 죄 많은 사람들이다. 얼마나 큰 죄를 지었길래 평생을 애 끓이며 살아갈까? 혹자는 그 짐을 너무나 무겁게 여겨 '천형天刑'이라는 굴레에 빗대기도 하는데, 멀쩡하게 장성한 자식이 이유 없이 뿌듯한 것은 바로 그 때문이다. 어떤 지방에서는 자식을 대할 때 '오지다'는 말을 쓰기도 하는데, 그 어감이 참으로 그럴듯하다. 내 살을 잘라주고 내 뼈를 떼어줘도 아깝지 않을 자식이 오지지 않으면 어쩔 것인가.

부모라는 이름의 '천형天刑'은 '천행天幸'이기도 하다. 머리로 생각하지 않고 가슴이 먼저 시켜 온몸을 던질 수 있는 일은 오직 자식을 위할 때만 가능할지 모른다. 내가 아닌 다른 누군가를 위해 손톱만큼의 사심도 없이 헌신하는 기적이, 자식을 기르는 가정에서는 흔하게 발견된다. 부모의 얼굴에 패인 세월의 고랑은 끊임없이 자식을 사랑한 훈장이다. 굽어진 부모의 등과 허리는, 한때 든든하게 자식을 들쳐 업었던 너른 들판이었으리라.

자식을 길러보아야 부모의 은공을 떠올리게 되니, 부모가 되는 것 자체가 참 큰 공부다.

기대와 화답

날씨가 마치 한여름처럼 후덥지근하다. 이러다가 추위가 늦게 오면 어쩌지, 걱정이 앞선다. 빨리 추워져야 스키장을 오픈할 텐데……. 저마다 자신의 입장에서 날씨를 기대하는 것이 인지상정이다. 내일이면 우리 딸 현이가 세상에 나온 지 만 21년이 되는 날이다. 세상 구경을 빨리 하고 싶어서 일주일 먼저 세상에 나온 우리 딸, 언제 이렇게 컸는지 대견하기만 하다. 첫돌이 지난 아이를 안고 명동에 갔던 일이 어제처럼 새롭다. 오래 안고 있어 팔이 아파왔지만, 자식을 자랑하고 싶었던 아비 욕심에 귀가 시간은 마냥 늦춰지기만 했다. 현이가 자랄수록 자꾸 기대가 커진다. 하지만 부모의 기대보다는 자신의 바람대로 행복한 삶이 펼쳐졌으면 좋겠다는 생각이 더 앞선다.

어린 시절부터 '공부 잘한다'는 소리를 듣고 자란 사람은, 종종 주변의 과한 기대를 받으며 지치고 힘든 과정도 함께 겪게 된다. 자신의 분야에서 일가一家를 이룬 사람들이 성숙의 과정에서 겪는 고통은, 때로 상상할 수 없을 정도로 가혹하다. 지성의 힘으로 새로운 패러다임을 열었던 학자들, 감성의 폭포수를 분출하는 예술가들, 불가능에 도전하는 운동선수 등 천재들의 생애에서 간혹 우울과 번민의 그림자가 발견되는 것은 성장 과정에서 받았던 지나친 기대 때문인지도 모른다. 오히려 귀하게 자란 금지옥엽보다, 아무도 주목하지 않았던 이가 역사에 이름을 떨친 사례도 적지 않다. 이들은 어린 시절부터 탁월한 재능으로 '주변의 기대'를 받았다기보다, 스스로 새로운 '시대의 기대'를 발견해 적극적으로 충족시킨 사람들이라고 할 수 있다.

로마의 건국 시조 로물루스는 양치기 목동에 불과했으며, 나폴레옹은 지중해 섬 코르시카 출신의 '장삼이사張三李四'에 지나지 않았다. 한 고조 유방은 원래 시장에서 자릿세 받던 '논두렁 건달'이었고, 그 후손뻘인 촉한의 황제 유비는 짚신 팔아 연명하던 '시골 청년'이 아니었던가. 글로벌 세계제국 원나라를 북방 초원으로 쫓아내고 명나라를 건국한 주원장은 천민 취급받았던 떠돌이 탁발승 출신이었다.

주변의 기대를 받았거나 시대의 기대를 발견했거나, 그들은 결국 스스로를 극복해 결과를 이룬 공통점을 지녔다. 하루가 다르게 진화하고 발전하는 과정을 거쳐, 자신의 역량을 원숙한 단계로 밀어 올렸다. 세상을 치열하게, 그리고 최선을 다해 열심히 사는 사람들은 늘 존경스럽다. 그들의 열정과 삶의 에너지는 모두, 자신에게 전해진 기대를 피하지 않고 적극적으로 화답한 데서 솟아난다. 부모가 자식에게 진정으로 바라는 것은, 모두에게 인정받는 군계일학의 인재가 되는 것이 아니다. 자기 자신을 극복한 의지력으로 세상을 당당하게 살아가는 것이다. 사랑이 듬뿍 담긴 기대는 부담이 아니라 든든한 응원이다.

합리적인 낙관

어제오늘, 정말 정신이 없다. 한 달 전 제주 리조트를 오픈했는데, 태풍 '나리'가 강풍과 폭우를 몰고 와 제주도 상황이 최악으로 치달았다. 제주 리조트 1층까지 물이 찼다는데, 내일 새벽 첫 비행기로 현장에 내려가봐야 할 것 같다. 현이에게 온 메일을 확인하니 현이도 조금은 힘든 상황으로 짐작된다. 힘든 시련 없이 꿈꾸는 미래가 거저 찾아올 수 없다는 건 누구나 아는 진리다. 어차피 피해갈 수 없고 반드시 겪어야 할 고통이라면 스트레스를 받기보다 의연하게 이겨내려는 마음가짐이 중요하다.

목표를 성취하는 데 있어서 긍정적인 마인드는 매우 중요하다. '잘될 것'이라는 믿음이 거름으로 쌓여, 마침내 '할 수 있다'는 자신감으로 이어지고, 이러한 선순환이 조직의 강력한

동력으로 작용해 구성원들과 함께 목표에 가까이 갈 수 있는 토대가 된다. 하지만 긍정적인 마인드 고취를 위해 하루 24시간 모두 막연한 낙관을 지향하는 것은 자칫 위험할 수도 있다. '긍정'과 '낙관', 이 두 단어는 얼핏 비슷한 것이라고 착각하기 쉽지만 실상은 분명한 차이가 있다. '리스크 테이킹Risk Taking'이라는 경영학적 요소와 연관시켜 비교해보면, 그 차이점은 더욱 분명해진다.

긍정은 냉혹한 현실을 직시하는 데에서 출발한다. 현실을 부정하고 지나친 낙관을 내세워 앞뒤 가리지 않고 달려가는 사람은 좀처럼 돌파구가 열리지 않을 때 쉽게 좌절하고 만다. 경영학에서 회자되는 유명한 일화 중에 '스톡데일 패러독스'란 사례가 있다.

베트남전 당시 월맹군 포로수용소의 실화에서 비롯된 이 말은, 냉혹한 현실 속에서 살아남은 합리적 낙관과 자기기만으로 점철된 맹목적 낙관이 각각 어떻게 다른 결말을 가져왔는지 극명하게 보여준다. 베트남전에 미국 해군 조종사로 참전한 제임스 스톡데일 준장은 임무수행 중 북베트남군의 대공포 사격으로 비행기가 추락해 포로 신세가 되었다. 포로수용소로 끌려간 스톡데일은 계급이 가장 높은 탓에 미군 포로들의 정신적 지주 역할을 담당하게 된다. 그런데 포로들 중에는 자신이 곧 풀려날 것이라는 굳은 믿음을 가진 사람들도 있었고, 반대로 포로 생활이 길어질 것이라고 비관적으로 생각하는 사람들도 있었다.

나중에 스톡데일 장군이 밝힌 바에 따르면, 수용소에서 전자에 속한 사람들은 질병을 이겨내지 못하고 죽거나 자살로 생을 마감한 경우가 많았다고 한다. 반대로 끝까지 살아남아 송환된 포로는 오히려 후자에 속한 경우가 더 많았다는 것이다. 전자에 속한 사람들의 경우, 겉으로는 유쾌하고 명랑한 것처럼 보였다. 포로들이 모인 자리에서 그들은 "크리스마스 전에는 집에 갈 수 있을 거야"라고 희망을 얘기했다. 희망이 불발됐을 때 그들은 또 "부활절이 오기 전에 집에 갈 수 있을 거야" 이렇게 자기최면을 걸었다. 부활절의 희망도 무위로 돌아가자 그들은 또 "이번 추수감사절에는 가족들과 지낼 수 있겠지"라고 다시 한번 희망을 걸었다. 이렇게 무한반복의 '희망 루프'를 통해 살아남을 수 있었다면 행복한 결말로 전해졌겠지만, 낙관주의자들의 생존은 그리 길지 않았고 하나둘 절망의 구렁텅이에서 죽음을 맞았다.

스톡데일 장군의 선택은 어떠했을까? "이번 크리스마스에 우리들은 집에 갈 수 없을 겁니다. 그런 결과에 실망하지 말고 마음을 굳게 먹읍시다." 포로들을 향해 그는 현실을 직시하면서 대비하자고 독려했다. 그의 말을 새겨들은 사람들은 결국 살아남아 가족들의 품으로 돌아갔다.

막연한 희망이 아니라 현실에 기반한 합리적인 낙관이 필요한 것이다.

작은 깨달음도 타인의 공덕

스승의 그림자는 길고 짙다. 소크라테스, 플라톤, 아리스토텔레스로 이어진 사승의 계보는 너무나 유명한 역사적 사실이고, 석가모니와 공자, 예수의 제자들은 스승의 말씀을 경전으로 엮어, 위대한 산이 존재했음을 후대에 전했다.

스승은 때로 제자를 깨달음으로 이끌기 위해 곤욕도 기꺼이 감수한다. 당나라 시절 선종禪宗 오가五家 중 하나인 임제종의 창시자, 임제 선사는 스승인 황벽 선사의 뺨을 후려치고 귀청이 떨어지게 고함을 질러 전등의 인가를 받았다. 임제의 스승 황벽도 비슷한 일화가 있다. 황벽의 스승 백장 선사는 세칭 '놀고먹는' 비구승의 게으름을 타파하기 위해 무던히도 고생했던 선각자다. 후대에 전하는 〈백장청규〉를 만들어 '하루 일하지 않으면 하루 먹지 말라'는 가르침을 남기기도 했다. 그만큼 혹독한 스승이기도 해서 우둔한 제자들의 멱살을 잡기도

하고 때론 몽둥이로 몸소 가르침을 베풀기도 했다.

어느 날 황벽은 여느 날과 다름없이 스승인 백장에게 핀잔을 듣다가 문득 깨우침이 찾아왔다. 그러자 백장은 황벽의 멱살을 잡고 "무엇을 알았느냐?"고 다그쳤다. 거짓 깨우침에 미혹되어 더 큰 경지로 나아가지 못한 제자들의 사례를 여럿 알고 있었기 때문이다. 그러자 황벽은 백장의 옆구리를 손가락으로 콕콕 찔렀고 백장은 다시 한번 야단을 쳤다. 이때 황벽은 우레와 같은 고함을 지르고 백장의 뺨을 후려치며 새로운 선지식의 출현을 알렸다. 백장은 시자(시중드는 사람)를 불러 황벽을 물러가게 한 뒤 나중에 정식으로 인가를 내줬다고 한다. 당시의 일화 덕분에 황벽은 '황벽산의 호랑이'라는 별칭을 얻었다. 백장이 황벽을 깨우치고 황벽은 다시 임제를 낳았다. 임제는 하산해 문하를 꾸린 후에도 제자들을 깨우치기 위해 수시로 고함을 질러, 몽둥이의 가르침으로 유명한 덕산 선감 선사와 더불어 '덕산방 임제할'이라 불렸다. 창건 조사의 일화처럼 임제종은 맹렬한 선풍으로 이름을 떨쳐 황룡과 양기의 두 갈래 우뚝 솟은 봉우리를 남겼다. 용맹정진하기로 유명한 우리나라의 선종은 임제의 종풍을 이어 오늘에 이른다.

어미 닭처럼 부지런히 모이를 대며 제자를 길러낸 스승도 있다. 서구 근대철학의 문을 열었던 임마누엘 칸트는 쾨니히스베르크대학에서 운명처럼 마르틴 크누첸 교수를 만났다. 크누첸은 부지런한 강의와 토론으로 칸트를 이끌었고, 당시 유럽 학계를 뜨겁게 달구었던 아이작 뉴턴, 라이프니츠, 그리고 사무엘 클라크의 논쟁을 소개했다. 이 논쟁은 칸트가 첫 번째로 쓴 책의 이론적 토대로 활용된다.

가르치는 사람의 일과는 기다림의 연속이다. 하루 이틀 가르친다고 제자들이 척척 알아듣는 게 아니다. 지식을 전달하고, 응용하는 방법을 알려준 뒤에도. 훈련을 통해 적응하는 기간을 견뎌야 한다. 인내심을 숙명처럼 달고 산다. 그들의 헌신 덕분에 인류는 고비의 순간마다 혁신가들을 배출했고 역사의 수레바퀴는 한 발씩 앞으로 나아갔다.

지푸라기 하나라도 남의 것은 손대지 말고
항상 성실하고 정직하게 살라는 부모님,
회사와 학교를 오가며 밤늦게까지 힘들어할 때마다
항상 따뜻한 마음으로 내조해준 아내,
부디 건강하게 자라서 약속을 꼭 지키는,
그리고 사회에 꼭 필요한 사람으로 성장하기를 바라는,
사랑하는 딸 현이와도
이 작은 성과를 함께하고 싶다.

뒤늦게 배움의 아쉬움을 떨치지 못해 석사 과정에서 공부하는 동안, 많은 스승과 선후배들의 지은을 입었다. 그들이 베푼 친절과 아낌없는 가르침 덕분에 내게도 자그마한 성취가 생겼다. 석사학위 논문을 엮으며, 소중한 시간을 할애해준 여러 스승들에게 감사의 마음이 우러나와 저절로 옷깃을 여미게 된다. 작은 깨달음 하나마저도 타인의 공덕이니, 어찌 자만에 빠질 수 있으랴. 공부하는 사람은 늘 남의 눈을 두려워해야 한다.

10원을 아끼고 100원을 써라

월요일 오전은 늘 회의와 보고로 시간이 빠듯하다. 정신없이 오전 일정을 마치고 자리에 앉으니 컴퓨터 화면에 메일이 도착했다는 표시가 뜬다. 기다리던 현이의 메일이다. 떨어져 있으니 더 보고 싶고 항상 눈에 밟히고 마음에 걸리는 자식이다. 자신의 미래를 위해 오늘도 최선을 다하고 있지만 녀석인들 왜 집이 그립지 않겠는가. 현이의 메일을 읽으면 피로가 풀리고 예쁘게 웃는 모습이 눈에 선하다. 사랑스러운 딸에게 물려줄 가치 있는 유산 중 으뜸은 무엇보다 올바른 가치관이다. 그중에서도 돈에 대한 철학을 제대로 가르치고 싶다.

돈은 잘 버는 것 못지않게, 잘 쓰는 것도 무척 중요한 '물건'이다. '물건'임을 강조하는 이유는 돈이나 재산의 축적 자체가 궁극의 목표는 아니기 때문이다. 때로 이 점을 헛갈리는 사람은 '수전노', 혹은 '자린고비'라는 오명을 뒤집어쓰게 마련이다. 인간의 정신적 가치보다 앞서는 물질적 가치란 없다. 돈의 진정한 효용성도 정신적 가치를 실현하기 위한 데에서 비롯되기 때문에, 돈을 금고에 쌓아두기만 하는 사람을 지혜롭다고 칭찬하지는 않는다.

일단 돈이 인간의 생존에 필요한 의식주를 해결하는 수단이라는 점만큼은 분명하다. 인류가 자급자족을 벗어나 물물교환을 하기 시작하면서, 좀 더 손쉬운 거래의 수단이 필요해졌다. 누구에게나 명확한 대가의 표준단위로 '화폐'가 등장하고, 결국 돈은 모든 재화와 용역을 해결할 수 있는 상징으로서 그 역할이 더 확대됐다.

화폐가 유일무이한 거래 수단으로 등장하고도 17세기 이전까지는 정치력이나 군사력에 비해 힘이 약했다. 돈 많은 상인들이 여전히 군주나 귀족, 장수들에게 무시당하고, 언제든지 대의명분을 내세워 몰수, 징발은 물론 기부 명목의 갈취 행위가 빈번히 이뤄졌다. 자본가와 상인들은 절치부심, 때를 기다리며 눈물을 삼켰다. '야만과 갈취, 약탈의 시대'에서는 지배계급이 마음만 먹는다면 얼마든지 재산을 불릴 수 있었다. 시민혁명 이후 상인들의 지위가 격상되고 대량생산 체제에 접어들면서 '기업가'라는 신흥 부르주아지가 힘을 얻었다.

이때부터 자본의 힘은 눈부시게 활약하기 시작했다. 자본이 투자되어 더 큰 자본을 회수했고, 소수에 의한 부의 집중 현상이 나타나면서 자본가들의 잔혹함과 부도덕성이 사회악으로

매도되기 시작했다. 유럽에서의 공산주의 대두는 땅을 소유한 지주, 금융자본을 비롯한 자본가, 대규모 공장을 가동하는 기업가들에게 수탈과 착취로 생존 위기에 놓인 농민, 노동자들이 반기를 든 데서 촉발되었다. 하지만 양심적인 부자들도 있다는 점에서, 효율성을 후대하는 자본주의의 승리가 예견되었다.

서구에서는 '노블리스 오블리주' 전통이, 동양에서는 굶주린 백성들을 구휼하는 '경주 최부자집' 가훈이 세인들의 존경을 받았고, 돈을 버는 것보다 잘 쓰는 것에 대한 미덕이 널리 칭송되었다.

현대에 들어와서도 수십억 달러를 기부한 빌 게이츠, 워렌 버핏 등의 부호들, 기업을 사회에 환원한 유한양행 창업자 유일한 박사, 'LG의인상'을 제정해 사회적 기여를 실천하는 연암문화재단 등 '돈 잘 쓰는' 사례가 속속 등장해 동시대와 후대의 선험적 모델이 되고 있다.

10원 아끼는 행위가 100원 잘 쓰는 행위로 이어진다면, 절약하고 검소한 생활을 하는 부자들도, 뜻깊고 착하게 쓰는 부자들도 모두가 칭찬의 대상이 될 것이다.

공감共感은 능력이다

지난 주말, 아내와 함께 고향에 가서 어머니를 뵙고 왔다. 병원 진료를 모시고 갔다가 모처럼 점심도 함께했다. 아들, 며느리와 오랜만에 함께 시간을 보내서 그런지 어머니 얼굴은 내내 환한 표정이었다. 당분간 바쁠 거 같아서 일부러 시간을 냈는데, 잘했다는 생각이 든다. 최근 좋지 않았던 장모님의 건강도 호전되는 것 같아 기분이 좋다. 전화를 드렸더니 수화기 너머로 반가워하는 기색이 역력하다. 더 자주 뵙고 안부를 여쭤야 하는데 늘 분주한 삶이 핑곗거리다. 육친의 낙도 헤아리지 못하면서 생면부지 남들의 기분만 맞추고 있으니 생각하면 참 딱한 노릇이다.

점점 공감이 중요한 시대로 접어들고 있다. 과거 산업화 시대의 리더들은 후방의 지휘소에 머물러 있지 않고 직접 전장에서 진두지휘하는 용장 스타일이 대부분이었다. 마치 피가 튀고 살이 묻어나는 실제 전쟁터에서, 승리를 위해 병사들을 사지로 몰아댈 수밖에 없는 장수들을 연상시킬 정도로 산업화 시대의 리더들은 절박했고, 어쩔 수 없는 희생을 딛고 일궈낸 성과만이 그들의 존재를 증명하는 유일한 방법이었다. 당연히 구성원 개개인의 감정보다는 조직 전체의 사기 진작이 더 중요했다.

그들이 즐겨 읽었던 책들은, 승리를 위해 전략을 세우고 병법을 연구한 장수나 위대한 군주들의 일대기들이 주를 이뤘다. 대개 장수의 지혜나 용력을 적이나 병사들 앞에서 과시하라고 가르치는 내용이다. 말 달리고 칼 휘두르던 시절의 고대나 중세의 전장에서 군대의 사기를 올리는 가장 좋은 방법은 장수들끼리 일기토를 통해 적의 기세를 꺾는 것이었으니 이러한 가르침은 일견 타당해 보였다. 불같은 기질의 용장 스타일 리더는 어떤 불가능한 일이라도 해낼 수 있을 것 같고, 실제로 일정한 성과를 거둬 그러한 이론을 증명하기도 했다. '하면 된다', '불가능은 없다', '포기란 없다' 등 일사분란을 강조하고 '돌격 앞으로!' 같은 군대식 구호가, 많은 회사의 현관에 커다란 글씨로 씌어 액자에 걸려 있었다. 하지만 이러한 군사적 기업문화에 익숙한 회사들은 '리더의 부재'라는 돌발 상황이 발생하면 일순간에 시스템이 마비되고 허둥대기 마련이다.

점점 고도화 사회로 접어들면서 새롭게 각광받기 시작한 리더의 필수 덕목은 구성원들과의 공감 능력이다. 구성원들이 전체의 성과를 위한 하나의 부품으로 폄하되지 않는 조직이 누구나 오래 몸담고 싶은 직장이기 때문이다. 강력한 리더에게 상명하복하는 문화가 아니라, 구성원 개개인이 개성과 인격을 존중받으며 능력을 개발하고 스스로 진화해 전체의 발전을 도모할 수 있는 조직이 성과를 내는 시대로 접어든 것이다. 새로운 시대의 요구에 따라 리더들도 과감히 자신의 의지를 포기할 수도 있어야 하며, 구성원들의 합의로 방향을 수정할 수 있어야 한다. 적어도 겉으로나마 이렇게 스타일을 바꿔야 급변하는 시대의 흐름에 유연하게 대처할 수 있다.

〈삼국지연의〉에서 희대의 간웅으로 묘사된 조조야말로 둘째가라면 서러운 '공감의 대가'로 평가받는다. 타고 있던 말이 보리밭을 망치자 군율에 따라 자신의 목을 베라고 한 일화는 조조가 수하들에게 먼저 동료로서 인정받고자 기울인 노력을 증명한다. 커트 러셀이 주연한 영화 〈분노의 역류Backdraft〉에서 소방관들이 동료에게 외치는 대사도 강력한 동료애가 얼마나 큰 원동력으로 작용하는지 보여준다. "You Go, We Go.(네가 가면 우리도 간다)"

함께 자고 함께 먹으며 함께 역경을 헤쳐가는 동반자, 부부든 친구든, 리더와 구성원이든 모두 같은 느낌을 먼저 얘기하고 차이를 극복해야 공감의 경지에 다다를 수 있다.

정상에 올라간 사람

예전 TV 코미디 프로그램에서 인기를 끌었던 '달인을 만나다'라는 코너가 있었다. 개그맨 김병만이 출연해서 매주 새로운 묘기나 특이한 생활습관을 선보이는 프로그램인데, 진행자인 류담이 믿기지 않는 듯이 "그게 가능합니까?"라는 질문을 던질 때마다, 달인 김병만이 되받아치는 대사가 인상적이었다. 예를 들어 레몬을 즐겨 먹는다고 하면, 진행자가 반신반의하며 되묻는다. 그러면 "먹어봤어요? 안 먹어봤으면 얘기를 하지 마세요" 하는 달인의 답변이 돌아온다. TV를 보던 나는 무릎을 치며 공감했다. 실제로 가본 것과 안 가보고 예단하는 것에는 엄청난 차이가 있기 때문이다.

지난 토요일에는 오랜만에 한라산 절경을 즐겼다. 새벽 4시에 일어나 6시 비행기를 타고 제주도에 도착해 아침 8시

30분부터 등반을 시작했다. 12시 30분에 한라산 정상에 오르고 하산해 저녁식사를 한 후, 오후 8시 비행기로 돌아오는 빡빡한 일정이었지만 정상 정복의 성취감 때문에 힘든 것도 잊어버렸다. 정상에 올라 아내에게 문자를 보냈더니, "화이팅"이라는 답장이 왔다. 함께 정상을 밟은 것 같아 기쁨이 더 커진 하루였다.

예전 어른들이 흔히 하는 얘기 중에 "남대문에 가본 사람보다 안 가본 사람이 말이 많다"는 표현이 있다. 맞는 얘기다. 직접 남대문을 눈으로 본 사람들은 '남대문이 이렇게 생겼다'고 단정적으로 전하기 때문에 오히려 말이 짧을 수밖에 없다. 반면 짐작만으로 아는 척하는 사람들은 자신의 의견에 확신이 없기 때문에 온갖 상상으로 근거를 제시하곤 한다. 알맹이 없이 불필요한 수식어로 말을 질질 늘여서, 듣는 사람이 무슨 얘기를 하는지 헷갈리게 만든다. 그럴 수밖에 없는 것이 그들은 남대문이 어떻게 생겼다는 진실을 알려주는 데는 도무지 관심이 없기 때문이다. 오로지 자신이 남대문에 대한 지식이 많다는 걸 자랑하는 데에만 혈안이 되어 있다.

냉장고 안에 어떤 것이 들어있는지 알고 싶으면 냉장고 문을 열어보면 될 일이다. 그런데 사람들은 과감하게 냉장고 손잡이를 잡는 대신, 냉장고 안에 어떤 것들이 들어 있는지 짐작하고 추론하는 데 더 많은 시간을 허비한다. 서로 자신의 의견이 맞다고 목소리 높여 격렬하게 토론하는가 하면 얼굴을 붉히며 다투기까지 한다. 참으로 어리석은 일이지만, 실제로 우리 사회 곳곳에서 벌어지고 있는 해프닝이다. 믿기지 않다면 TV에 나와 토론하는 사람들의 면면을 한 번 들여다보라. 비전문가가 전문가인 척 행세하는 경우가 얼마나 많은지 확인할 수 있을 것이다.

만약 자신의 진로나 행동 여부에 대해 누군가에게 자문이나 조언을 구하고 싶다면, 적어도 그 사람의 살아온 이력에 대해 꼼꼼히 알아보는 것을 추천한다. 단호하게 냉장고 문을 열어젖히라고 하는 사람이 진짜 전문가다. 진짜 전문가라면 남대문이 어떻게 생겼는지 사진을 제시하거나 적어도 그림이라도 그려서 묻는 사람의 궁금증을 해소해주려고 할 것이다. 정작 자신은 정상에 올라가 보지도 않았으면서, 그쪽으로 가는 건 위험하다고 말리는 사람들에게 달인의 화법을 빌려 이렇게 말해주고 싶다.

"정상에 올라가 봤어요? 안 가봤으면 얘기를 하지 마세요."

깊어지려면 일단 넓어져라

봄기운 탓인지 요즘 들어 부쩍 예전 힘들게 고생하고 서러웠던 기억이 많이 떠오른다. 언제나 좋은 상상과 긍정적인 생각만 하려고 애쓰지만, 실제로 하루 24시간을 그렇게 유지하기란 보통 힘든 일이 아니다. 감정의 기복이 찾아올 때는 직원들과 차 한잔하며 얘기 나누는 것이 도움이 된다. 인생의 선후배로서 격의 없이 대화를 하다 보면 느끼는 바가 많다. 최근에는 '치이심恥耳心'을 주제로 이야기를 나눴는데, '치이심'이란 마음에 귀를 기울이면 부끄러움을 느낀다는 뜻이다. 사람들이 부끄러움을 느끼지 않는 이유는 자신의 내면을 들여다보지 않기 때문이라는 데 모두 동의했다. 앞만 보고 달리는 경주마는 왠지 위태롭다. 가끔 주변을 돌아보는 것이 현명한 지혜다.

'초경쟁사회'라는 말이 실감 날 정도로 오로지 높은 곳에 이르기 위해서만 안간힘을 쓰는 세상이다. 물론 경쟁은 조직이나 개인의 발전을 위해서 반드시 필요한 통과의례다. 하지만 과정이야 어찌됐든 결과를 내는 데만 얽매이다 보면, 사회는 삭막한 정글로 변하고 만다. 당장 눈앞에 보이는 남의 자리나 물건이 내 것인 것 같고, '내 코가 석 자인데'라는 생각이 앞서게 된다.

하얀 도화지에 먹물 한 점이 튀면 모두가 눈살을 찌푸린다. 그리고 먹물 한 점 한 점이 모여 검은 도화지로 변하는 것 또한 순식간이다. 어느새 공정한 규칙을 준수하지 않는 것이 상식이 되어버리고, 반칙과 편법, 새치기가 일상으로 받아들여진다. 가까운 사이에 의가 상하는 것은 아주 사소한 것에서 출발한다. 섭섭한 마음이 쌓이고 앙금이 남은 채 얼굴을 마주볼 때, 웃는 낯일 리가 없다. 내가 사과를 받아야 마땅하건만, 오히려 인상을 쓰고 퉁명스러운 목소리를 듣게 되면 화가 치밀어 오른다. '적반하장도 유분수'라는 분통에 오가는 말이 곱지 않고, 종국에는 날 선 고함이 상대방의 귀청을 찢고 만다.

일단 선을 넘게 되면 동료, 선후배 간의 존중과 매너는 남의 일이 되고 만다. 늘 함께 의논하고 서로의 어깨에 기대어 사선을 넘어온 동반자라 하더라도, '내가 먼저'라는 이기주의가 극단으로 치닫게 되면 영원히 등을 돌리는 것은 시간문제다.

이기기 위해 무한경쟁으로만 일관하는 것은 이처럼 아찔한 일이다. '깊어지려면 넓어지라'는 충고는 이럴 때 꼭 필요한 말이다. 얕은 물일수록 한 방울만 더하면 쉽게 넘치게 되고, 한

방울만 덜어내도 당장 바닥이 드러나 꼴사나운 진창이 되고 만다. 그러니 우선 넓어져야 깊어질 가능성도 함께 늘어난다. 그저 깊기만 한 샘물은 한없이 맑지만, 흘러 들어오는 많은 물을 담기에는 용량이 부족하다. 많은 물을 담을 수 있는 호수가 되려면, 내 안에 담긴 물부터 대지에 넉넉하게 나눠줘야 한다.

되도록 많은 땅을 적시면서 도도히 흘러가 인간관계를 넓혀갈 일이다. 한두 번 선행을 베풀었다고 해서 경박스럽게 생색내지 말고, 뒤에서 조용히 행운을 빌어야 한다. 간혹 마주치는 얼굴에 은은히 미소를 담고 덕담을 건네며 평가에 연연하지 않다보면, 어느새 나와 같이 차 한 잔, 밥 한 끼 나누고자 하는 사람들로 북적댈 것이다. 드넓은 대해를 꿈꾸는 사람들이여, 넉넉하게 충분히 넓어져라. 오랫동안 아낌없이 베풀어라.

진정한 용기

용기는 정의감에서 나온다. 주먹을 불끈 쥐고 얼굴이 벌게진 채 시도 때도 없이 분노를 표출하는 이에게 섣불리 '용기있다'고 칭찬하지 않는 것은 이 때문이다.

자신의 앞길을 막아서는 상대에게 벌컥 화를 내고 달려드는 것은 본능에 충실한 미물이나 하는 짓이다. 사소한 일에도 불쾌감이나 반발감을 먼저 표출하는 사람들은 즉물적 반응이 빠른 것에 불과하다. 항상 목소리가 크며 상대방의 말을 자르고 끼어드는 습관이 있는 사람들은 기실 성격이 급한 것이 아니라, 이기적인 스타일에 가깝다. 자신의 감정을 빨리 표현해야 손해를 보지 않기 때문이다.

결론적으로 말하면 진정한 용기는 무턱대고 화를 내는 것이 아니다. 그럼에도 불구하고 화를 내지 않을 수 없는 순간이 있다. 화를 내야 할 대상은 다름 아닌 '불의'다. 모함과 작당, 야합과 협잡, 거짓과 기만이 모여 '불의의 하모니'를 이루고 있을 때 불같이 화를 내야 마땅하다. 화를 냈으면 행동으로 옮겨야 한다. 울분에 찬 한탄에 그친다면 그 또한 용기가 아니다. 불의에 타협하는 것은 용기 있는 사람이 취할 자세라고 할 수 없다. 불의의 과정에서 이어진 부조리한 결과를 바로잡는 데 기꺼이 자신의 열정을 불사를 수 있을 때, 다른 사람들에게 진정한 용기로 칭송받을 수 있다.

근대 일본이 메이지 유신 이후 작은 성취에 경도된 나머지 저지른 만행은 침략과 무자비한 약탈이었다. 당시 일본의 지도자들이 이웃나라에 대해 무력행사를 결정한 것은 전쟁범죄였을 뿐이다. 그런데도 오늘날 일본 극우 인사들은 구차하게 신사에 긁어모은 전범들을 추모하느라 세계인들의 공분을 사고 있으며, 이러한 일탈행위가 그들 내부에서 용기 있는 행동으로 비춰지는 희한한 일이 벌어지고 있다. '용기'에 대한 정의를 잘못 내린 전형적 사례라고 할 수 있다.

반면 같은 2차대전 전범 국가였던 독일에서는 국가 지도자가 바뀔 때마다, 나치 정권의 희생자 묘역을 참배하며 수십 년째 사죄를 이어가고 있다. 잘못된 과거에 대한 반성과 사죄를 위해 무릎을 꿇을 수 있는 국가 지도자, 진정한 용기란 바로 이런 것이다.

우리나라에도 진정한 용기를 실천한 '참 용자'들이 적지 않다. 쫓기는 사람들을 품어준 종교 지도자들, 어렵고 억울한 사람들에게 무료 변론을 베푼 변호사들, 불치병 환자들을 위해 평생을 헌신한 의료인들… 인간애를 실천한 이런 분들을 역사는 '진정한 용기'로 기억한다. 아름다운 꽃과 잘 익은 과일에서만 향기가 진동하는 것이 아니다. 진정한 용기는 향기를 몰고 온다.

새로운 출발선에서 더욱 굳건하고 때로는 이보 전진을 위해 일보 후퇴를 할 수 있는 용기를, 넘어졌을 때 오뚝이처럼 일어나 다시 시작할 수 있는 의지와 자신감을 갖는 기회로 삼게 해 달라고 기도한다.

서울의 하늘은 잔뜩 흐려 있다. 왠지 아무 이유 없이 고개 숙이고 싶지 않은 날, 하늘만 보고 걸었다. 현이가 연주하는 바이올린 소리를 감상하며 생각에 잠긴다.

좌우명처럼 사는 법

평소 '자강불식自强不息'이라는 사자성어를 인생의 좌우명으로 삼고 있다. 언제나 자신을 강하게 만들기를 쉬지 않는다는 뜻이다. 조금 느슨해진다 싶으면 이 글귀를 떠올리며 초심으로 돌아가기 위해 애를 쓴다.

'나는 과연 최선을 다하고 있는가?' 이 물음에 당당해지기 위해 굳은 결심이 필요하다. 명함에 좌우명을 새겨 다른 이를 만날 때마다 자신을 되돌아보는 사람들이 있다. 상대방에게 자신을 소개하면서 스스로 좌우명처럼 살고 있는지 되새겨보는 뜻이리라. 늘 초심을 잃지 않으려는 노력은 가상하지만, 남에게 드러내는 순간 본래의 의미가 퇴색되는 것이 좌우명이니, 굳이 남에게까지 권할 일은 아니다.

좌우명座右銘은 옛 선비들이 자신의 책상 오른쪽에 적어놓고 인생의 경구로 삼는 글을 말한다. 제자들을 이끌고 여러 나라를 떠돌며 현명한 군주를 찾던 공자는, 어느 날 춘추오패 중 한 명이었던 제환공의 묘당에 이르렀다.

주나라가 은나라를 멸한 뒤 종주국의 시대를 연 뒤 그 힘이 쇠약해지자, 제후국들이 저마다 각축전을 벌이던 춘추전국시대가 시작되었다. 춘추시대란 주나라 왕실을 인정하되 나머지 제후국들의 우두머리가 패자가 되어 지배권을 행사하던 시대를 말하는데, 공자가 친히 쓴 역사서 《춘추春秋》에서 그 이름이 유래되었다. 춘추시대에는 제 환공, 진 문공, 초 장왕, 오왕 합려, 월왕 구천 등 다섯 명의 패자가 등장했는데, 첫 번째로 패업을 열었던 제 환공은 '관포지교'의 고사로 유명한 재상 관중과 포숙아를 등용해 제나라를 강력한 나라로 우뚝 세웠던 인물이다.

제환공의 묘당에서 공자가 발견한 것은 비스듬히 한쪽으로 기울어진 큰 술잔이었다. 환공은 이 잔에 술을 가득 채울 때 넘치는 것을 보며 스스로 자만심에 빠지는 것을 경계했다고 한다. 공자는 집에 돌아와 자신의 책상 오른쪽에 비슷한 술잔을 만들어놓고 '좌우명座右銘'이라 써붙였다고 한다.

공자 이후 많은 학자들이 그의 행적을 흉내 냈는데, 특히 후한의 학자 최원은 자신의 책상 오른쪽에 칼로 95자의 글귀를 새겨 선비의 삶과 생각이 어떠해야 하는지 보여줬다고 한다. 그 중 가장 유명한 글귀는 바로 '무도인지단(武道人之短, 남의 단점은 말하지 말라는 뜻)'과 '무설기지장(無說己之長, 자신의 장점은 자랑하지 말라는 뜻)'이라고 한다. 공자가 술잔 자체의 은유적 의미를 '좌우명'이라 불렀다면, 후대 사람들은 좀 더 직접적인 경구를 통해 자신의 삶을 삼가고 수양했다. 성공한 사람들에게 멋진 좌우명 한두 개쯤 갖고 있는 것은 필수로 여겨진다. 하지만 본질은 스스로를 경계하는 것이지 남에게 보여주기 위한 허례나 장식이 아니다.

염치부터 차리고

자식을 키우다 보면 때로 자신을 되돌아보게 된다. 과연 나는 올바로 살아왔는가. 가방 하나 달랑 메고 서울로 올라와 젊은 용기와 인내심으로 열심히 살아왔던 것만은 분명한 사실이다. 본능과 욕심을 적정 수준에서 절제할 수 있는 사람. 인내하고 기다릴 줄 아는 지혜까지 갖춘 사람으로 살고자 노력했던 것 같아서, 내세울 것은 많지 않지만 크게 부끄럽지도 않다. 세상에 거저 얻어지는 것은 없다. 끝없는 자기희생과 부지런한 노력이 밑바탕이 되어야 한다.

살면서 가장 듣기 싫은 말 중 하나가 바로 '염치없는 사람'이라는 멸시의 평가다. '몰염치'라는 말 역시, 듣는 순간부터 얼굴이 붉어질 정도로 수치스러운 표현이다. 이런 연장선에서 살펴보자면 '염치'는 누구나 소중하게 간직해야 할 것 같은 기본적인 품성 중 하나로 짐작된다. 염치의 어원을 살펴보면, 조선시대 선비들이 삶의 자세로 가장 강조한 '사단칠정四端七情'이라는 개념에서 비롯됐다.

사단四端은 인간의 본성에서 우러나오는 마음씨, 즉 선천적이며 도덕적인 능력을 얘기하며, 측은지심惻隱之心, 수오지심羞惡之心, 사양지심辭讓之心, 시비지심是非之心의 네 가지로 나눌 수 있다. 칠정七情은 인간의 본성이 사물에 접하면서 자연스럽게 표현되는 일곱 가지 감정, 즉 희(喜, 즐거움), 노(怒, 노여움), 애(哀, 슬픔), 구(懼, 두려움), 애(愛, 사랑), 오(惡, 미움), 욕(欲, 욕망)을 가리킨다.

사단 중에서 측은지심은 다른 사람을 측은하게 여기는 마음이다. 어려움에 처한 사람을 돕고자 하는 마음은 바로 측은지심에서 나온다. 측은지심이 없는 사람은 '인정머리가 없다'는 비난을 감수해야 한다. 수오지심은 나쁜 짓을 하는 행동을 미워하는 마음이다. 수오지심이 없으면 어떻게 될까? 정의감이 없는 비겁한 사람으로 낙인찍힌다. 사양지심의 뜻을 풀어보면 사양하는 마음이다. 다른 이의 호의나 친절을 일단 한 번 사양하고 보는 것인데, 배에서 꼬르륵거리는 소리가 나도 허세를 부리라는 뜻이 아니라 남에게 폐 끼치지 말라는 지극히 상식적인 가르침이다. 시비지심은 옳고 그른 것을 가리는 도덕적 가치관이다. 옳은 것을 옳다고, 그른 것을 그르다고 할 줄 아는 윤리적 가치관이 없다면, 세상은 온통 기만과 교언, 야합과 아첨만이 통용되는 역겨운 난장판이 되고 말 것이다. 우리가 예전 학창 시절 배운 사단의 개념은 굉장히 어려운 뜻 같았는데, 이렇게 쉽게 풀이해보면 음풍농월하는 조선시대 선비들이 아니라 오히려 법과 규범을 중시하는 현대인들에게 반드시 필요한 공익적 가치관이 아닌가.

서두에 얘기한 '염치'는 바로 사양지심에서 나오는 기본적인 덕목이다. 단순한 호의나 친절을 사양하는 것만이 사양지심의 발로가 아니다. 자신의 그릇에 맞지 않는 지위나 직책이 주어졌을 때 부끄러운 줄 모르고 덥석 주저앉거나, 도를 넘는 선물을 못 이기는 척 받아 챙기는 속물적 근성이 모두 사양지심을 쉽게 잊어버린 데서 나온 것이다. 인간이 인간다운 품격을 버리고 비상식과 몰염치로 전락하는 것만큼 추한 풍경도 드물다. 특히 조직을 이끄는 리더이거나 멋진 리더를 꿈꾸는 사람이라면 사양지심의 진정한 뜻을 새겨보는 것이 패가망신하지 않는 유일한 길이다.

쉬어가면 어떠리

숨 쉴 틈 없이 바쁜 스케줄을 소화하느라 허덕이는 현대인들, 업종과 분야는 다르지만 아침부터 저녁까지 저마다 자신만의 일터에서 입에 단내가 나도록 최선을 다하고 있다. 피아 구분 없이 긴장 넘치는 경쟁이고, 촌각마다 살아남기 위한 전쟁이다. 통신과 교통의 발달은 시공간의 제약을 뛰어넘게 만들었고, 글로벌화된 지구촌 곳곳이 공동의 시장으로 변해 버렸다.

기원전 2000년경, 메소포타미아 지방의 철기 제국 히타이트가 마차의 바퀴살을 발명해 전차와 수레를 끈 이래 인류 문명은 눈부시게 발전했다. 험준한 산악을 바퀴가 뛰어넘었고, 노를 이용한 선박의 발달로 더 빨리, 그리고 더 멀리 가고자 하는 욕망이 충족될 수 있었다. 현대 사회에서 자동차와 항공기, 선박의 성능 지표로 속도를 쓰는 이유와 인간의 욕망은 이처럼 밀접하게 맞닿아 있다. 누군가에게 쫓기듯이 앞으로만 향했던 인류의 역사는 필연적으로 뒤처지는 집단을 만들어냈고, 이들은 앞선 무리와의 경쟁에서 도태된 듯한 패배감과 열등감으로 괴로워할 수밖에 없었다.

하지만 앞서간 무리라고 해서 편안하고 탄탄한 삶이 보장된 것은 아니었다. 쫓아오는 후발주자들에게 추월당하지 않기 위해서 그들 역시 항상 긴장과 경계 속에서 살았고, 이같은 인류의 생활 패턴은, 진화과정에서 자연스럽게 발생하고 극복하는 면역체계에 일대 혼란을 일으켜 새로운 질병을 만들어냈다. 현대 과학자들에게 '스트레스'라고 불리는 이 신종 질병은 특별한 치료약이나 예방 백신조차 없다는 점에서 인류 건강에 가장 큰 위협요인으로 자리 잡았다. 처음에는 간단한 질환으로 시작하지만 어느새 치명적인 불치병으로 전환되는 스트레스를 근본적으로 예방하기란 무척이나 힘들다. 사회생활을 완전히 포기하지 않는 한 완치가 불가능해 보이지만, 조상들의 잠시 쉬어가는 지혜로 정신건강을 지키는 것도 스트레스 극복의 한 방법이다.

예로부터 가무를 즐겼던 우리 민족은 고구려의 동맹, 부여의 영고, 동예의 무천 등 하늘에 제사 지내는 제천행사를 일종의 국가적 축제로 승화해 백성들의 고단한 삶을 위로했다. 군주를 제외하면 당대 최고 권력자인 제사장의 지휘 아래 날고 기는 예능인들이 총출동해 문화예술 공연을 성대하게 치름으로써 그날 하루 백성들의 눈과 귀는 그야말로 호강을 누렸다. 축제에 빠질 수 없는 것이 또 음식이다. 하늘에 제사 지낸다는 핑계로 귀한 곡식으로 술을 빚고 소와 돼지 등 가축을 잡아서 고기 요리를 떡 벌어지게 차려내 온 나라가 흥청거린 날이 바로 이 날이었다. 고려시대에 들어오면 팔관회와 연등회 등 불교 행사에도 먹거리, 볼거리가 푸짐했고, 조선시대 엄숙한 선비들마저 복날 핑계로 한 여름 무더위를 피해 천렵과 탁족을 즐겼다. 쉬어갈 때도 죄책감을 덜기 위해 굳이 명분을 부여한 '근면과 센스의 민족'이다.

7월이 시작된 지 엊그제 같은데 어느새 다 가버렸다. 본격적인 여름 시즌에 접어들면서 회사 일이 바빠진 데다 여름방학을 맞아 중국으로 연구 연수를 떠났던 현이를 손꼽아 기다리느라 더딜 줄 알았는데, 시간은 어김없이 흘러 벌써 8월이 코앞이다. 지난 주말에는 어머니, 아버지와 함께 삼계탕으로 복달임도 했다. 나는 참 복 많은 사람이다. 건강한 몸과 마음으로 정성스레 길러주신 부모님, 진심으로 나를 사랑하는 아내, 예쁘게 잘 자라준 딸까지, 온통 감사하는 마음뿐이다.

가슴에 부는 훈풍

봄은 누구에게나 공평하고 관대하다. 오랜 기다림을 보상이라도 해주듯 골고루 상큼한 향기를 뿌리며 희망의 싹을 틔운다. '봄소식'이란 말은 있지만, '여름소식' '가을소식' '겨울소식'이란 표현은 없는 것만 봐도 사람들이 얼마나 봄을 기다리는지 잘 알 수 있다. 그만큼 겨울이 혹독했던 탓 아닐까? 언 땅이 녹고 겨우내 마른 나무에 생령이 깃들어가는 평화의 계절이 바로 봄이다.

하지만 3월에 해당하는 영어 단어 'March'의 라틴어 어원이 전쟁의 신 마르스Mars에서 비롯됐다는 사실은 너무나 역설적이다. 고대 로마에서는 겨우내 미뤘던 전쟁을 봄에 다시 시작하는 일이 잦았다고 한다. 축복의 시즌에 전쟁이라니 놀라는 사람도 있겠지만, 경제적 관념에서 보면, 물자가 부족했던 고대의 전쟁은 파괴보다 생산에 더 가까웠다. 공동체의 번영을 위해 더 많은 자원이 필요하고, 움츠렸던 몸에 활력을 공급하기 위해 더 많은 에너지가 필요했으니, 전리품을 챙기는 그네들의 전쟁은 실상 경제활동과 크게 다르지 않았던 것이다. 3월의 기운을 받아 만물이 깨어나는 과정도, 일견 전쟁처럼 처절한 면이 있다.

은신과 매복에 능한 봄의 씨앗이 두껍게 얼어있던 동토의 제국을 조금씩 깨뜨리고 여기저기 새순의 깃발을 올리면, 이미 힘을 잃은 동장군은 조용히 퇴각하기 시작한다. 꽃샘추위로 마지막 심술을 부려보지만, 노도같이 밀려오는 봄의 기세를 감당할 수 있을까. 마침내 인고의 세월을 견딘 대지에 승전보가 전해지고, 기쁨을 이기지 못한 꽃들의 현란한 축제가 펼쳐져 개선행렬은 장관을 이룬다. 씨앗이 움트고 새순이 돋고 꽃망울이 맺히는 풍경과 함께 훈풍이 불어오면, 사람들은 가슴을 활짝 펴고 희망을 얘기한다. 혹독했던 겨울의 독재가 끝나고, 드디어 따뜻한 기운을 머금은 채 우리 곁으로 달려오는 봄의 전령사들이 전성기를 시작한다.

수줍은 매화가 꽃망울을 터뜨리고 동백이 교태를 부리면, 개나리, 진달래, 철쭉, 영산홍의 형형색색形形色色이 화려한 봄의 군단을 완성한다. 얼어붙었던 땅을 녹여 방초芳草가 돋아나고 말랐던 초목들이 일제히 물을 길어 올려 백화白花가 만개하는 길목에서 3월은 잠시 숨을 고르며 차분하게 기나긴 생명의 계절을 시작한다. 계절이 바뀌면 식탁의 분위기도 달라진다.

향긋한 냉이를 비롯해, 산과 들, 물에서 거둬들인 봄의 싱그러운 산물이 식탁을 가득 채우고 저마다 한껏 식욕을 돋우기 시작한다. 겨우내 닫아두었던 창문을 열고 봄기운을 받아들이며 대청소를 시작하는 사람들도 곳곳에서 눈에 띈다. 반가운 손님을 맞이하기 위해 공간을 마련하는 것은 진심 어린 정성에서 비롯된다. 감복한 봄기운이 더 많은 희망과 기대를 선사하리라는 믿음 덕분에 콧노래가 절로 나는 작업이다.

어젯밤 꿈에서 본 현이가 무척 보고 싶다. 곧 따뜻한 봄이 찾아오고 반가운 얼굴로 달려올 것만 같아 공연히 가슴이 설렌다. 매번 찾아오는 계절이건만 그리움이 사무쳤던 지난 겨울은 유난히 길고 지루했다. 펑펑 눈이 내리는 겨울밤, 따뜻한 이불 속도 편하지 않고 아침까지 뜬눈으로 지새우는 날이 잦아졌다. 그래도 건강한 모습으로 재회할 날을 위해 규칙적인 일상을 유지하려고 무던히도 애를 썼다.

희망이 있는 기다림은 견디기에 수월하지만, 그래도 즐길 수 있는 삶은 아닌 것 같다.

이별연습, 자식의 홀로서기

사자는 새끼를 기를 때, 장차 백수의 왕으로 우뚝 설 생존력과 자립심을 길러주기 위해 일부러 벼랑에서 떨어뜨린다는 얘기를 들은 적이 있다. 언뜻 비정해 보이지만, 냉혹한 환경에서 살아남은 새끼 사자 역시 훗날 부모가 되었을 때 같은 선택을 하지 않을까?

사람도 마찬가지다. 부모가 자식의 손을 놓아주는 일에도 과감한 결단이 필요하다. 평생 품 안에서 보살피고 싶은 게 부모의 마음이겠지만, 언젠가는 반드시 '홀로서기'를 시켜야 한다. 애지중지 아끼던 딸아이가 여러모로 불리한 환경들을 슬기롭게 극복하고 U.C. 버클리 대학생이 됐다. 참 고생 많았다고 격려해주고 싶은데, 성인이 된 딸자식이 부모 곁을 떠난다고 생각하니 만감이 교차한다. 언제 어디서나 항상 같이 있던 우리 세 식구, 허전한 마음을 어떻게 극복할지 걱정부터 앞선다.

부모란 자식을 기르면서 늘 '이별연습'을 해야 하는 애달픈 존재다. 되짚어보면 우리 부모도 그렇게 자식들을 기르지 않았던가. 자식을 떠나보낼 때, 보송보송 빨아두었던 배냇저고리는 고이 접어 장롱 깊숙이 보관하고, 어르고 달래던 딸랑이 장난감, 눈물바람 막아주던 공갈 젖꼭지도 차곡차곡 상자에 넣어 '훗날 추억의 선물'로 준비해야 한다. 강보에 싸여 옹알이하던 시절부터 아장아장 걸음마 시작하던 모습, 학교 입학식에서 의젓한 자세로 맑은 눈망울을 빛내던 모습들, 빛바랜 사진첩 몇 개를 채운 추억들만 부모의 가슴에 고스란히 남겨진다. 일면 서글프고 일면 허망하지만, 부모란 본디 그런 존재이니 아쉬울 것도 탄식할 것도 없다.

서릿발을 가장하고 돌아선 부모의 앙다문 입에서 나직한 울음이 절로 새어 나오는 것을 자식들이 짐작할 수 있을까? 차마 떼지 못하는 발걸음이 천근만근 무겁지만, 행여 힘겨운 신음소리 들킬세라 입술 질끈 깨무는 심정을 그네들은 아직 모르리라. 자식과 생이별하고 돌아와 자리에 누운 부모들은 어느새 등허리가 처연하게 굽어 있고, 입 안은 소태처럼 써서 물 한 모금 제대로 넘어가지 않는다.

3대, 4대 한데 엉켜 당내 대소가大小家 수십 명이 한집에 살던 시절에는, 업고 안고 걸려도 내 새끼 제대로 눈에 담아보기 어려운 날이 많아, 예뻐도 예쁜지 모르고 허겁지겁 키웠다. 지금이야 하나둘, 많아야 셋을 넘기 어려운 저출산의 시대이니, 자식 커가는 과정이 한 톨 한 톨 눈에 밟히고 귀에 걸리기 마련이다.

한 놈, 한 놈 키워서 차례차례 대처로 내보내고 터미널에서 배웅하며 옷고름으로 눈물 닦던 시절도 아닌데, 괜스레 속이 편치 않고 가슴이 뻥 뚫린 것마냥 허하기 짝이 없다.

마음만 먹으면 언제든 목소리로 안부 묻고 환한 웃음을 영상으로 확인할 수 있는 좋은 세상 살면서도 내 무릎에 앉혀놓지 않으면 도무지 안심이 되지를 않는다. 노파심으로 늙어가며 안달복달이 습관처럼 뼈마디에 새겨져 있는 딱한 사람들, 부모란 본디 그런 존재다.

가족이라는 이름

우리 가족의 새로운 경험을 위해서 미국으로 건너왔다. 캐나다를 거쳐 낯선 땅 미국으로 왔지만 이곳의 새로운 삶에 적응하기란 쉬운 일이 아니었다. 현이가 외고에 합격한 후 기쁨을 만끽하기도 전에 결단을 내려야 했고, 고심 끝에 서울을 떠나기로 했다.

누군가를 위해 헌신한다는 것은 엄청난 각오가 필요한 일이다. 역사를 살펴보면 자신과 손톱만큼의 인연조차 없는 인류 전체를 위해 거룩한 헌신을 남긴 분들도 존재한다. 평범한 사람들은 흉내조차 못 낼 어마어마한 업적이지만, 이 정도면 이미 성인의 반열에 올려 칭송하기 때문에 일반인들이 그 진의에 공감하기란 좀처럼 쉽지 않다.

그래서 사람들은 석가모니나 예수, 공자, 마호메트 등과 같은 종교의 창시자들에게 '감히 범접하기 어렵다'는 표현으로 한없는 경의를 표한다. 나라와 민족을 위해, 또는 핍박받는 불쌍한 이들을 위해 희생한 분들의 정신세계 역시 일반인들이 짐작하기란 어렵기만 하다. 필부의 소견으로 어떻게 감히 12척의 배로 수백 척의 왜선을 막아낸 이순신 장군의 '필생즉사 필사즉생' 의지를 잴 수 있으며, 백성들을 위해 신하들의 강력한 반대를 무릅쓰고 한글 창제를 밀어붙인 세종대왕의 애민정신을 헤아릴 수 있으랴. 가난하고 병든 자들의 구호를 위해 전 세계를 돌아다니며 온정을 호소한 테레사 수녀의 얼굴에서, 짙은 세월의 고랑을 따라 흘러내린 눈물의 무게가 어느 정도였는지 우리들은 가늠하기조차 쉽지 않다.

대사관 인터뷰를 거쳐 비자가 발급되기만 기다리던 조바심의 기억도 벌써 1년, 가족을 위한 삶은 때로 고되기도 하지만, 늘 기쁨과 보람을 동반한다. 현이와 아내를 위해서라면 못할 것이 없다는 생각에 아침마다 새로운 힘이 솟구친다.

보통 사람들의 보잘것없어 보이는 평범함도 가족을 위한다는 전제가 깔리면 종종 무지막지한 저력으로 탈바꿈한다. 특히 부모들의 자식을 위한 헌신은 종종 믿을 수 없는 기적을 만들어내곤 한다. 가족을 위해 헌신하는 것도 쉬운 일만은 아니다. 가슴을 절절 끓게 만드는 사랑이 바탕에 깔려야 하는 것은 물론이요, 오로지 보람과 성취감만으로 해낼 일이다. 반대급부와 보상을 바라는 것은 어불성설이요, 언감생심이다. 가족을 위해 뚜벅뚜벅 자신의 일을 하는 것이 가장이다.

묵묵히 최선을 다하는 가장의 헌신에 소리 없이 응원을 보내는 가족들의 지지가 있을 때, 그 노력은 더욱 빛이 난다. 먹고 살기 어려웠던 시절, 동이 트는 새벽부터 해지는 저녁까지 들판에서 땀을 흘렸던 옛날 아버지들은 고작해야 나직한 기침 한두 번으로 가족들에게 들고 나는 것을 알렸다. 아버지가 사립문을 밀고 나서는 소리마저 먼 기척으로 들으며 졸린 눈을 부비던 어린 자식들이, 해질 무렵 돌아온 아버지가 땀을 씻고 자리에 앉을 때까지, 저녁상 앞에서 주린 배를 참고 기다린 이유는 아버지의 고된 노동에 표하는 최상의 존경이다. 행여 철없는 어린 동생이 먼저 숟가락을 잡을라치면 그 손을 지그시 누르며 말리는 형과 누나, 나무라는 어머니의 엄한 눈길, 울음보 터지기 일보 직전에 구해준 아버지의 넉넉한 너털웃음으로 비로소 가족은 완성되는 것이다.

흔들림 없는 약속

특별한 삶의 선택

공항에서 아내를 배웅하고 버스 정류장으로 터벅터벅 걸어가는데, 불현듯 쓸쓸한 감정이 밀려온다. 감상에 빠져 있으면 몸도 마음도 완전히 지칠 것 같아 부지런히 일상으로 돌아가기로 마음먹는다. 사랑하는 사람들을 기다리는 가장에게 가장 필요한 것은 필요 이상으로 가슴 아파하지 않는 것이다.

사람들은 대개 자신의 삶이 특별하기를 바란다. 간혹 평범한 삶을 추구한다는 사람도 있지만, 여기서의 평범함이란 화려함과 대조되는 개념일 뿐이지, 자신이 주인공인 인생에서 내내 조연만 떠맡기를 바라지는 않을 것이다.

과연 '특별한 삶'이란 무엇일까? 화려한 스포트라이트가 익숙하고 가는 곳마다 대중의 주목을 받으며, 표정 하나 몸짓 하나에 환호와 갈채가 쏟아지는 선망의 대상? 강력한 리더십을 발휘해 조직을 이끌고, 목표를 향해 한발 한발 구성원들이 나아갈 수 있도록 만드는 최종 의사결정권자? 수없는 고민과 탐구를 통해 짜낸 아이디어와 작품으로 세상을 깜짝 놀라게 만드는 천재? 세간의 편견에 도전하며 아무도 가지 않은 길을 용기로 개척하는 고독한 프런티어?

방금 열거한 사례들이 분명 멋지고 오래 기억될 만한 '특별한 삶'이기는 하지만, 그것이 가능해지려면 일단 '재능'이라는 전제조건부터 충족되어야 한다. 한정된 소수에게만 허락된 재능이 누구에게나 주어질 리 만무하다. 그렇다면 평범한 사람의 '특별한 삶'이란 불가능한 것일까?

섣부른 단정은 언제나 금물이다. 누구나 자신의 삶을 '특별한 삶'으로 만드는 방법은 반드시 있으며, 그 유일한 방법은 오직 치열하게 사는 것뿐이다. 대충 살고 억지로 살면서 자신의 인생이 실패했다고 낙담하는 것만큼 어리석은 게 없다. 흔히 연세 지긋하신 어르신들이 자신의 생애를 회고하면서 '소설책 몇 권 분량은 될 거 같다'고 하는 고백을, 결코 과장이나 허풍쯤으로 흘려들어서는 안 된다. 그분들은 이미 인생의 희로애락을 충분히 경험하고 수없이 많은 위기를 정면으로 돌파한 '역전의 용사'들이다. 굴곡 없고 밋밋한 인생, 위아래로 굽이치는 파도를 경험하지 못한 인생에서 흥미진진한 소설의 스토리가 나올 수 없다.

자신의 의지를 관철시키기 위해 격정적으로 살았던 삶도, 소소한 행복을 지키기 위해 때론 눈물 바람으로 눈치 보던 삶도, 억장이 무너지는 슬픔이 연달아 찾아오는 가운데에서도 다시 일어나 일터로 나가야 했던 절박한 삶도, 저마다 치열하게 살았던 인생이다. 그 가치를 감히 누가 쉽게 재단하고 함부로 폄하할 수 있다는 말인가.

하지만 자신의 인생을 평가하면서 '소설적 재미'를 자신 있게 어필하기 위해서는 일단 최선을 다해볼 일이다. 느림보의 대명사로 불리는 굼벵이조차도 초고속 카메라로 자세히 들여다보면, 안간힘을 다해 앞으로 나아가는 모습이 관찰된다. 자신의 능력껏 최선을 다하는 삶은 모두가 '특별한 삶'일 수밖에 없다.

'특별한 삶'이라는 표현의 뉘앙스에 지나치게 얽매이지 말라. 놀랍게도 특별한 삶은 오히려 평범함 속에 숨어 있다.

공존의 지혜

바쁜 하루를 마감하고 사무실에서 막 나가려는데 현이에게 메일이 도착했다. 순간 고단함에 지쳐 있던 몸이 가뿐해지고 글로나마 현이를 만날 수 있다는 기대감에 가슴이 뛰기 시작했다. 오늘 현이의 메일 내용은 나의 마음을 더욱 기쁘게 만들었다. 타인과의 경쟁이 아니라 자신과의 싸움에서 이기기 위해 부단히 노력하고 있다는 현이의 각오를 확인하니 기특한 마음뿐이다. 자신의 꿈을 향해 힘차게 전진하는 현이를 격려하기 위해 좋은 글귀가 담긴 책을 준비해뒀다. 좋은 내용을 빨리 공유하고 싶어서 마음이 바쁘다.

인생은 수없는 경쟁의 연속이다. 경쟁을 피하지 않고 당당하게 받아들여야 한다. 정당한 경쟁은 어울려 사는 사회구성원으로서의 올바른 선택이다. 경기에 참가하기 위해 티켓을 받았으면 그다음은 승리하기 위한 전략 구상에 들어가야 할 차례다.

먼저 '게임의 법칙'부터 정확하게 파악해야 승률이 높아진다. 규칙에 대한 숙지가 끝났으면 함께 경쟁할 상대에 대한 사전 조사가 필요하다. 상대의 경쟁력이 무엇인지 알게 되면 자신과의 세밀한 비교를 통해 장단점을 분석할 수 있다. 그렇게 해서 장점은 극대화시키고 단점은 최소화시키는 기초전략이 나오게 된다.

모든 준비가 끝난 뒤, 레이스에 합류했으면 끈기와 인내, 정신력과 집중력의 일관된 유지 여부가 승패를 가르는 관건이다. 과정마다 바뀐 상황에 맞게 전략을 수정하고 템포를 조절하는 것도 필수적이다. 경쟁의 룰에 맞춰서 공정하게 경기를 치르는 것도 선수로서 최소한의 의무다. 이 모든 절차에 맞게 레이스를 치르고 최종 지점을 승자로 통과하는 순간의 성취감은 무엇과도 바꿀 수 없는 희열이다.

경쟁에서 이기는 비결은 너무나 간단하다. 바로 최대의 경쟁력을 확보하는 것이다. 하지만 그 경쟁력의 형태는 경기장의 규모, 성격, 규칙, 경쟁상대의 면면에 따라 각각 다르게 나타난다. 신생대에 출현한 인류의 조상들은 다른 종과의 경쟁에서 질긴 생명력을 발휘해 살아남았다. 더 많은 후손의 생존을 위해 진화를 거듭한 끝에 결국 지구를 지배하는 존재로 우뚝 섰다. 인류가 생존한 비결은 개체 각자의 경쟁력이 아니라 무리의 경쟁력에서 비롯되었다. 맹수의 이빨이나 발톱, 새의 날개, 물고기의 부레는커녕 추위와 더위를 막아줄 모피나 체온을 조절하는 피부조차 없었다. 시각, 청각, 후각의 능력도 형편없고 독사나 독충의 독은 물론, 천적의 눈을 교란시킬 보호색마저 없었던 인류는 살아남기 위해 무리를 이루기 시작했다. 불과 도구를 사용하고, 덫과 함정을 이용해 식량을 얻던 인류는 비바람을 막아줄 주거지가 필요해졌다. 겨우 발견했던 안락한 동굴에서 맹수들에게 쫓겨나기를 반복하다 아예 스스로 움막을 치고 기둥과 지붕을 사용해 대규모 주거 형태를 만들었다. 무리가 모이면 질서를 위해 지도자가 필요하고, 외적으로부터의 방어를 위해 각자의 역할을 나누기 시작했다. 체력이나 지능이 우월해 상위의 역할을 맡게 된 계급은 더 많은 몫을 분배받았고, 이때부터 다른 종과의 경쟁은 물론, 인간들 내부에서의 경쟁도 치열해지기 시작했다.

인간의 내부 경쟁이 자연계의 다른 종들과 달랐던 점은 승자가 패자를 죽이지 않고 무리의 2인자로 인정하는 것이다. 승자 독식의 제도가 아예 없는 것은 아니지만, 대개 승자는 관용과 지혜로써 패자인 상대를 받아들이거나 때론 측근으로 중용하기도 한다. 경쟁 상대와 우정을 나누고 동지로서 협력하며 인간은 더 우월해졌고, 지배자의 위치는 굳건해졌다.

네게는 더 특별하고 싶다

사랑하는 딸 현이의 손편지를 보며

'하나밖에 없는 딸', 흔히 외동딸에 대한 사랑이 넘칠 때 부모들이 곧잘 쓰는 표현이다. 내게는 이 표현이 유달리 와닿는다. 형제 많은 집안의 장남으로 동생들과 북적대며 자랐던 기억이 아직도 새롭지만, 자식이라고는 현이 한 명밖에 없으니 그렇게 사랑스러울 수가 없다. 간혹 아이가 한 명밖에 없어서 섭섭하지 않냐는 질문을 듣지만, 적어도 우리 부부에게는 다른 세상의 이야기다. 한 명밖에 없는 딸이라 더 정성을 쏟고 더 사랑을 기울일 수 있었으니, 현이나 우리 부부나 외동딸이라는 환경은 오히려 더 행복한 조건이었던 셈이다.

'아이 한 명을 키우기 위해서는 온 마을이 필요하다'는 나이지리아의 속담도 있지만, 부모가 아이를 키우는 것은 결코 쉬운 일이 아니다. 부모들은 우리 아이 기가 죽을까 가슴 졸이기도 하지만, 그렇다고 하자는 대로 내버려두자니 버릇이 나빠

질까 걱정하며 마음을 끓인다. 부모 연습을 해보고 세상에 태어난 사람은 없으니, 늘 첫 아이 키울 때면 너나 할 것 없이 서툰 '초보' 부모들이다. 우리 부부에게도 현이는 바람 불면 날아갈세라 긴장하고 키운 딸이다. 어린 시절부터 투정 부리고 떼쓰던 모양과는 거리가 멀었지만, 그래도 심성을 바르게 키우기 위해 때로는 짐짓 엄한 모습을 가장한 적도 있었다.

하지만 사랑의 시작과 끝은 모든 것을 나누고 함께하는 것이다. 부모 따로 아이 따로, 각자의 생각을 표현하지 않으면 평행선을 달리게 된다. 혹시 마음에 들지 않는 모습을 발견해도 혼내고 꾸지람하기보다는 일단 아이의 주장을 들어봐야 한다. 그래서 아이를 키울 때는 한없는 참을성이 필요한 법이다. 아빠 엄마 품에 안겨 응석을 부리던 때가 어제 같은데, 현이도 벌써 한 사람 몫을 다하는 성인이 되었다고 생각하니 마음이 벅차오른다. 현이와 함께했던 세월이 주마등처럼 스쳐 지나간다. 열심히 공부했지만 자신의 기대만큼 성과가 나오지 않아 속상해하던 모습, 낯선 곳에서 유학 생활을 하며 힘겨워하던 모습, 엄마 아빠 마음을 헤아려 일부러 명랑한 모습을 보이던 딸 아이의 앳된 모습이 마치 영화의 한 장면처럼 선명하게 기억난다.

말로 다하지 못한 마음을 표현할 때, 우리 가족은 종종 편지를 쓴다. 말로는 채 정리되지 않은 생각도 글로 써보면 차분하게 정리된다. 편지를 쓰며 더 큰 사랑을 느끼고 새로운 각오를 다질 수 있다. 내가 가족들에게 쓴 것처럼 현이도, 아내도, 우리는 서로 편지를 많이 썼다. 최근 가족 문집을 발간하면서 예전에 썼던 손편지들을 사진으로 정리해 책에 담았다. 다시 읽어보니 가슴이 뭉클하다. 초등학교 시절 자기만 세뱃돈 안 줬다고 기억을 되살리며 짐짓 토라진 말투로 되짚어본 사연이며, 아빠의 얘기들을 귀담아들어 두었다가 방향성을 잃을 때 곱씹어본 얘기며, 하나하나 전부 소중한 추억들이고 귀중한 사랑의 자산이다.

비단 대단한 문필가가 아니라 평범한 사람들에게도 기록을 남기는 것이란 참 좋은 습관이자 의미 있는 작업이다. 그 순간의 감동을 떠올리며 사랑을 재확인하는 일은 언제나 즐겁고 감사한 일이다.

보고 싶다, 아빠!

이 노트, 3년 전에 샀는데 이제야 겨우 다 썼다. Father's Day 선물로 주려고 했는데 계획보다 2년이나 늦었어. 잘 쓰려다 보니 그렇게 됐나 봐. 그래서 내용이 뒤죽박죽이야. 3년 전 딸내미 생각도 있고 지금 딸내미가 생각하는 것들도 있고. 뭐가 언제 적 것인지는 아빠가 읽어보면서 알 수 있겠지? 대학원에선 장학금 못 받아서 미안해. 2009년엔 못 받더라도 2010년엔 조금이라도 받도록 열심히 노력해볼게.

보고 싶다, 아빠!

아빠 사랑해요, 세상에서 제일 많이

아빠! 이번 여름엔 우리 꼭 가요. 맛있는 칵테일 마시러. 예쁜 색깔의 칵테일 시켜놓고 오랫동안 깊은 얘기 많이 많이 합시다. 다른 아저씨들이 아들이랑 목욕탕을 간다면, 우리는 우아하게 칵테일바에 가야죠. 아빠랑 하고 싶은 얘기가 참 많은데, 이것저것 아빠의 의견과 조언을 듣고 싶은 것들이 정말 많은데, 그러지 못해 참 아쉽거든요. 그럼 현이의 길다란 얘기책 여기서 종료.
아빠 사랑해요, 세상에서 제일 많이

유난히 책임감이 강했던 우리 딸 현이, 지나가던 모르는 사람에게조차 내 딸이라고 자랑하고 싶은 마음, 꾹꾹 참아내며 혼자서 흐뭇한 미소를 지은 적도 한두 번이 아니다. 자식 자랑하는 팔불출이면 어떠냐고 혼자서 어깨를 으쓱하다가 멋쩍어 한 기억도 새롭다. 시간이 많이 흘렀지만, 오래전 딸이 써준 편지글을 다시 읽으니 행복했던 추억들이 새록새록 다시 돋는다. 사랑하는 우리 딸 지현아, 칵테일바든 멋진 카페든, 다정하게 너와 마주앉아 세상 돌아가는 이야기, 가족들 이야기 나누는 그 순간이 아빠는 가장 행복한 순간이란다. 아빠도 우리 딸 너무나 사랑한다, 세상에서 제일 많이.

나에게 아빠는 나의 롤모델입니다

나에게 아빠는
할아버지, 할머니한테 엄청 효자인
외할머니랑 이모한테도 참 잘하는
그래서 외할머니한테 완전 사랑받는
언제나 앞서가는 생각을 가진
항상 미래를 준비하는 자세로 세상을 살아가는
바빠도 가정적인
손님들과 맛있는 걸 먹을 때마다 내 생각이 난다는
베푸는 걸 좋아하는
당신은 싸구려를 입더라도 남에겐 고급을 선물하는
점잖고 온화한 그러나 화나면 엄청 무서운
울기도 잘 우는
카리스마가 흐르는

핸섬하고 젊어 보이는

절약 정신이 투철한

집 청소 자주 하는

도전하는 걸 좋아하는

그래서 50대에 스노우보드를 배운

나이에 안 맞게 프렌치후라이랑 햄버거를 나보다 좋아하는

노력하는 걸 무기로 삼고 끊임없이 노력하는

은근히 귀엽기까지 한

내가 너무 사랑하는

그리고 너무너무 존경하는

요즘 엄청나게 보고 싶은

My Role Model입니다.

좋은 추억을 떠올려본다는 건

과거에 얽매여 사는 건 좋지 않지만 가끔씩 과거를 돌아보고 좋은 추억을 떠올려본다는 건 참 행복한 일이야. 내가 가끔씩 너무 좋았다고 생각하며 떠올리는 추억은 거의 매 주말마다 아빠와 41번 버스를 타고 교보문고에 갔던 것! 사실은 어린 마음에 버스보단 아빠 차를 타고 가고 싶어서, 왜 아빤 버스를 이렇게 좋아할까? 생각했었어. 그땐 왠지 대중교통에 가족과 함께 타는 게 좀 창피했었나 봐. 왜 그랬을까 그치? 그리고는 몇 권이고 책을 사고 웬디스에 가서 치킨을 먹고 집에 돌아오는 41번 버스 안에서 새로 산 책들을 읽곤 했었지. 41번 버스는

한참 동안 안 올 때가 많아서, 하도 안 와서 내가 지루해하면 아빠가 기사 아저씨한테 빨리 오라고 텔레파시를 보냈다고……. 그러면 신기하게도 곧 버스가 오곤 했었지.

교보문고에서 책을 살 때마다 진지해지는 딸의 표정이 아직도 눈에 선하다. 신중하게 이 책, 저 책 꺼내서 내용을 훑어보고 두께를 가늠해보느라 아빠가 자기를 쳐다보는 줄도 몰랐던 예쁜 우리 딸. 주말마다 교보문고에 가는 평범한 일상이 왜 그렇게 행복했던지. 버스가 왜 이렇게 늦게 오느냐고 투정부리던 현이의 얼굴이 마치 어제 일처럼 떠오른다. 광화문 사거리 코너에 있던 웬디스에서 마주 앉아 치킨을 먹은 기억도 여전히 새롭다.

딸과 함께 서점에서 읽고 싶었던 책을 고르는 과정이 내내 행복한 추억이다. 돌아오는 버스 안에서 책에 푹 빠져 있던 현이 얼굴은 내게 세상에서 가장 아름다운 천사의 모습이었다.

이렇게 떨어져 살게 될 줄이야

아빠가 딸 하나만 낳아서 멋지게 키우고 싶다고 생각했던 그 당시에,
똘똘 뭉쳐도 셋밖에 없는 우리 가족이 지금 이렇게 태평양 건너 지구 반대편에 살고 있네요.
가끔씩은 아빠 엄마와 다 함께 한집에서 살게 될 날을 얼떨결에 빼앗긴 것 같다는 느낌이 들어요. 바보 같은 내가 그걸 피부로 느끼게 된 건 대학에 들어오고서도 한참 후였어요.
누구보다도 정말 멋지고 훌륭한 우리 아빠, 그만큼 가족을 사랑하고, 마음도 여리고, 생각보다 울기도 잘한다는 걸 알기 때문에 편지를 쓸 때마다 답장을 쓸 때마다 미안하고, 고맙고, 보고 싶어서 눈물이 나요. 그런 내 마음 철없는 아빠 딸이 늦었지만 이렇게 전합니다. 아빠 사랑해요.

가족과 떨어져 지낸다는 게 이처럼 힘든 일인지 몰랐다. 보고 싶은 마음이 굴뚝 같고 그리움이 솟구칠 때면 당장이라도 달려가고 싶었지만, 그럴수록 딸에게만큼은 담담하게 평정심을 유지하느라 더 힘들었다.

어린 나이에 얼마나 아빠 엄마 앞에서 하루 일상을 쏟아내고 투정 부리고 싶었을까. 아빠가 약해지면 딸까지 덩달아 약해질까 걱정이 앞서 다독거리는 심정을, 어느 누가 헤아릴 수 있을까. 뒤늦게 편지로 당시 딸의 마음을 확인해보니 가슴 깊숙한 곳이 저리고 아릴 뿐이다. 아빠도 늦었지만 이렇게 전한다. 우리 딸, 아빠도 많이 많이 사랑한다.

초심初心, 청춘의 원동력

지금도 부르면 가슴 설레는 이름, 나의 아내 희옥 씨!
누구나 삶의 에너지가 바닥날 때마다 이를 충전시키는 원동력이 있기 마련이지만, 나에게는 아내와의 소중한 약속이 그런 것이다. '초심初心을 잃지 말자'는 말처럼 단순 명쾌하면서도 실천하기 어려운 명제가 없다.

'개구리 올챙이 적 모른다'는 속담처럼 사람들은 대개 미숙했던 과거의 자신을 쉽게 망각하고, 힘들고 어려웠던 시절을 가볍게 잊는다. 혹시라도 누군가에게서 "저 사람 왜 저렇게 변했어?", "참 사람 많이 달라졌네"라는 얘기를 전해 듣는다면, 진지하게 자신을 되돌아볼 일이다.

변하는 것 자체는 문제가 아니다. 어떻게 변하는 지가 관건이다.

인류는 수많은 세월을 거치며 끊임없이 진화해 만물의 영장이 되었다. 변화의 대표적인 모범사례다. 사람들 개개인 역시 살아가는 동안 끊임없이 학습하고 발전하며 인격을 완성하는 일생을 타고났으니 변하는 것 자체가 나쁜 일은 아니다. 오히려 발전하지 않고 성장하지 못하는 정체상태를 두려워해야 한다. 따지고 보면 과거의 미망에서 벗어나지 못하는 사람처럼 답답한 노릇도 없다. 쓰라리고 서럽던 기억에 시달리며 미래로 전진하지 못하는 사람을 보면 정말 안타깝다. 또 화려했던 옛날의 영광에 갇혀서 오로지 회고만 반복하며 한탄의 세월을 보내는 사람은 무척이나 어리석어 보인다. 과거를 털고 일어나 현재에 충실해야 새로운 미래가 열리기 때문이다. 하지만 인류가 남긴 역사의 유산 중에서도 털어버려야 할 과오가 있고, 대대손손 지켜야 할 문화재나 유구한 전통이 있는 것처럼, 개인의 인생에서도 모든 과거를 송두리째 지워버리고 결별하는 것은 반드시 경계해야 할 일이다.

튼튼한 몸과 건강한 마음가짐, 그리고 순수한 열정이 가진 것의 전부였던 나, 선뜻 자신과 일생을 함께할 것을 허락한 아내에게 사랑과 헌신, 존중을 약속했다. 지금까지 살아온 세월은 우리가 처음 손을 맞잡고 미래를 설계하며 주고받은 눈빛을 잃지 않기 위해 기울인 노력의 여정이었다. 그동안 우리의 겉모습은 변했지만 내면의 초심은 여전히 청춘의 푸른 색이다.

인생의 출발점에서 목표를 세우고 힘찬 각오를 다지던 열정, 소중한 사람에게 행복을 약속하던 눈빛, 함께 세상을 헤쳐나가는 동안 반드시 지켜야 할 것을 다짐한 맹세마저 모두 잊는다는 것은 집안의 가보를 도둑맞고도 알아차리지 못하는 것과 같다. 그 불같던 열정과 순수한 눈빛, 그리고 엄숙한 맹세가 우리가 지켜나가야 할 초심이다.

변하되 추하게 변하지 말고, 들판에 만개한 꽃처럼, 조화롭고 아름답게 피어날 일이다. 바구니에 담긴 성숙한 과일처럼, 향기롭고 탐스럽게 익어갈 일이다. 그러자면 중심에 무언가 있어야 있다. 초심은 꽃받침과 씨앗, 씨방처럼 이로운 역할을 담당한다. 끊임없이 배우고 익히며 새로운 환경에 적응해 발전과 성장을 거듭하되, 변하지 않는 초심을 가슴 한구석에 간직한 사람은, 영원한 청춘의 묘약을 인생의 원동력으로 활용하는 지혜로운 사람이다.

부부의 행복

지아비와 지어미가 만나 연을 이루는 부부, 궁극적인 의미를 살펴보면 자식을 낳아 함께 기른다는 뜻이다. 지아비, 지어미의 어원을 살펴보면 '집아비' '집어미'에서 비롯된다. 집에 있는 남자와 집에 있는 여자를 가리키지만, 결국 '아비'되고 '어미'되라는 준엄한 명령이다. 단어부터가 부모됨을 예고하는 엄숙한 자연계의 논리 앞에서, 이 뜻을 알게 되는 모든 사람은 할 말을 잃게 된다. 웬 억압이며 강요냐고 잔뜩 성을 내는 사람들도 있을 테지만, 어원이 그럴진대 아무리 고상하고 아름다운 이유도 그 앞에서는 명분을 잃게 된다. 미래에 대한 설계로 꿈에 부푼 선남선녀 시절, 고작 아버지 되고 어머니 되는 것이 목표랄 수 있겠는가. 하지만 어떤 연애감정과 아름다운 추억도, 열이 펄펄 끓는 자식을 병원에 함께 데려간 부모로서의 기억보다 선명할 수 없음은 실제 경험에서 낱낱이 증명된다.

그래서 부부의 행복은 함께 가족을 구성한 동반자적 유대감에서 찾는 것이 더 빠를 수도 있다. 주고받은 감동의 선물보다, 함께 느끼고 같이 나눈 공유의 추억이 가장 큰 부분을 차지한다. 벼락처럼 다가온 기쁨은 온 것보다 더 빠른 속도로 순식간에 잊히지만, 잔잔하게 서서히 스며든 기억은 물감처럼 깊게 번져 색이 바래지 않고 오랫동안 여운이 남는다.

"늘 변함없이 내 곁에 있어줘서 정말 고마워요.
나직한 배려와 응원에 저절로 용기가 치솟고,
소리 없는 배려와 친절로 지친 몸에 기운이 넘쳐납니다.
당신의 존재 자체가 내게는 축복입니다."

설익은 짝, 연인들은 공연히 설레고 가슴이 두근대는 연애감정에 일상을 지배당한다. 잠자리에 들면 그리운 얼굴이 떠올라 맥박이 빨라지고 심장이 요동친다. 맛있는 음식을 먹거나 달콤한 음료를 마셔도 사랑하는 이의 얼굴을 마주보는 것만큼 즐겁지가 않다. 이때의 감정은 기복이 무척 심하다. 혹시라도 싫은 소리를 듣기라도 하면 한순간에 엔돌핀이 멈추고 나락으로 떨어진다. 칼에 베인 듯 쓰라린 가슴에 저절로 눈물이 차오르며 눈앞이 흐릿해지고 귀가 먹먹하다.

하지만 오래 묵은 부부의 경우, 가장 큰 행복은 아이러니하게도 고난을 함께 넘고 역경을 같이 견딘 성취감에서 찾아온다. 앞서거니 뒤서거니 발맞춰 찾아오는 시련과 행복을 모두 인정하는 달인들이니, 웬만한 일에는 크게 놀라거나 두려워하지 않고 담담하게 최선의 방법을 찾는다. 각자의 역할에 최선을 다하되 서로에게 진심으로 격려하며 응원한다. 주변 풍경에 개의치 않고 서로의 얼굴만 바라보는 연인과 달리, 맞잡은 손의 온기를 느끼며 같은 곳을 바라보는 여유가 흘러넘친다.

모처럼 쉬는 주말, 아내와 마주 앉아 아내의 손발톱을 깎아준 적이 있다면, 그 남편은 진심으로 아내를 사랑하는 사람이다.

흔들림 없는 약속

진심이 통하는 것처럼 후련하고 뿌듯한 일도 없다. 사람들은 인생을 살면서 수많은 인간관계에 직면한다. 어린 시절 성장 과정에서는 친구들과의 관계가 가장 중요한 관심사가 된다. 가장 친한 친구가 누구냐는 질문에 괜히 가슴이 두근거린다. 만약 내가 가장 친하다고 생각했던 친구가 다른 아이 이름을 대면 그것보다 섭섭한 일이 없다. 내 마음을 몰라준 친구가 야속해서 서럽고 눈물이 난다.

성인이 되어 사회로 진출해도 내 마음을 몰라주는 사례는 수없이 등장한다. 많은 사람들은 인간관계에서 의사소통만큼 어려운 것이 없다고 토로하기도 한다. 불통은 여러 가지 원인 때문에 발생한다. 언어가 달라서 아예 의사소통이 불가능한 경우도 있을 것이고, 언어의 장벽을 극복해도 문화의 차이 때문에 오해가 생기기도 한다.

제대로 소통하자면 넘어야 할 산도 많고 건너야 할 물도 많다. 관건은 끊임없는 노력이다. 의사소통 전문가들은 독심술을 지닌 초능력자들도 아니고 관심법을 배운 사람들도 아니다. 끊임없이 소통하고 시행착오를 겪으며 원인을 찾아내 해소하는 노력을 기울여야, 막혔던 길이 하나둘 열리게 된다.

이처럼 어려운 것이 '남의 마음 헤아리기'인데, 하물며 전혀 다른 환경에서 성장한 남녀가 만나 부부의 연을 맺으니 어떻게 크고 작은 잡음이 없을 것인가. 끊임없는 노력밖에는 아무리 생각해도 달리 길이 없다. 성격 차이가 있는 것도 어찌 보면 당연하다. 결혼은 남녀의 성별 차이는 차치하고라도, 타고난 성품이 다르고 성장 환경도, 걸어온 길도 제각기 다른 사람들이 뜻을 합치고 보금자리를 함께 마련하는 것이다. 그들이 소중하게 준비한 가정에서 아이를 기르면서 부모의 기쁨과 행복이 싹틀 것이고, 온갖 희로애락을 맛볼 것이다. 그러자면 우선 내가 먼저 노력하고 상대방의 노력을 진지하게 존중해줄 일이다. 내 마음에 들지 않는다 해서 그 사람의 정성이 모자란다고 탓할 일이 아니다. 상대방의 입장에서 생각하는 '역지사지'란 부부간에 가장 필요한 덕목이다.

남의 가정이 처음 출발하는 과정에 한 손을 거드는 것은 무척이나 부담스러운 일이다. 그럼에도 불구하고 축원의 역할을 맡게 되는 경우가 종종 있다. 벗의 딸이 주례를 부탁해와 박절하게 거절할 수 없었다. 며칠 전부터 머리를 싸매고 축원의 인사말을 준비해 겨우 마무리짓게 되면 안도의 기쁨이 밀려온다. 새로운 출발을 앞둔 한 쌍의 앞날에 축복과 행운의 메시지를 더하기 위해 손수 혼인서약서를 써보았다. 예식장에서 두 사람에게 직접 읽을 것이라 생각하니 흐뭇한 마음이 가득하다. 부부간에 가장 진지하고 반석처럼 굳건한 약속이 혼인서약이다. 한 자 한 자 여백을 메우며 서약을 준비하는 일은 설레고 긴장되는 작업이다. 필요 없는 군더더기를 빼고, 온전한 뼈대만으로 조금의 거짓 없는 서약이 완성되자, 서약문을 읽고 난 다음 신랑 신부의 힘찬 대답이 떠오른다. 흔들림 없이 소중한 혼인서약을 평생 지켜가리라 생각하며 흐뭇한 미소를 짓게 된다.

혼인서약서

오늘 이 시간 나 정○진(김○옥)은 그대 김○옥(정○진)을
나의 아내로(남편으로) 맞이합니다.

우리의 인연을 소중하게 간직하며
당신을 영원히 사랑하겠습니다.
그리고 당신을 믿고 존중하겠습니다.

당신과 함께 웃고 울며
당신에게 진실할 것이며
늘 당신 곁에 함께하겠습니다.

기쁠 때나 슬플 때나, 건강할 때나 아플 때나
당신을 신뢰하고, 당신에게 헌신하며
당신에게 다정하고, 당신을 사랑하겠습니다.

나의 있는 그대로의 모습과 내가 가진 모든 것을 다하여
당신을 나의 아내로(남편으로) 영원히
존중하며 사랑하겠습니다.

2013년 4월 20일
신랑 정○진 신부 김○옥

내 영혼을 바칠 이름이여

오랜만에 이렇게 당신과 마주 앉으니 너무나 행복합니다. 지나간 시간들과 함께 최근의 계획들이 주마등처럼 스쳐 지나는 이 순간을 한없이 소중하게 느낍니다.
84년 여름 '연다라', 이제는 추억 속의 장소로만 아득하게 남아 있지만, 우리에게는 영원히 잊지 못할 곳이지요. 지금도 그 순간이 생생하게 머릿속에 그려집니다. 대학로 앞을 걷다가 갑자기 내린 소나기를 피해서 무조건 올라탄 버스, 당신을 바래다주던 불광동 언덕에서의 아쉬운 작별, 며칠 뒤 다시 만날 당신과 짧은 헤어짐에도 나는 마음이 아렸습니다. 우리가 함께한 소중한 추억들이 시간이 갈수록 더욱 선명하게 떠오르는 건 무슨 까닭인지 모릅니다.
우리는 지금 지난날보다 더 소중하고 값진 미래를 만들고 있습니다. 미래의 어느 날 무심코 지난날을 뒤돌아봤을 때 오늘처럼 뜨겁고 가슴이 사무치도록 소중한 추억이 되겠지요. 큰 결정을 앞둔 매 순간 작은 걱정들이 앞서는 것은 사실이지만, 또 다른 꿈을 이루고자 하는 열정이 내 의지를 더욱 북돋워주고 있습니다. 당신이, 그리고 우리 딸 현이가 내 곁에 있는 한 아무런 두려움도 걱정도 없습니다. 묵묵히 최선을 다하는 매일매일은 오로지 당신 덕분입니다.

언제나 그렇듯 당신과 현이를 굳건히 지키고, 우리 가족의 행복을 위한 일이라면 나는 언제 어디서나, 무슨 일이든 할 수 있습니다. 또 다른 세상에서 다시 당신을 만나기 위해 내가 할 수 있는 가장 최소한의 의무이기도 합니다. 우리가 약속하고 다짐했던 일들을 모두 이루고 싶습니다. 지금까지 살아온 시간들보다 더욱 소중한 추억을 만들어가고 싶습니다.

쉬지 않고, 그리고 결코 서두르지 않고 우리의 목표를 향해 갈 수 있다고 자신합니다. 그리고 또 한 번 다짐합니다. 우리의 행복한 지금과 내일을 위해서는 무엇보다 당신 건강이 우선입니다.

나의 아내 희옥 씨, 내 영혼을 담아 부를 이름이여.

아내에게 편지를 쓰노라면 늘 가슴이 설렌다. 첫 만남, 데이트하던 시절의 풋풋한 추억들, 잠깐의 짧은 작별을 아쉬워하며 서로를 그리워하던 젊은 날의 로맨스, 남들과 다를 것 없는 평범한 연애사에 그리 특별한 스토리가 있을 리 없건만, 이

상한 것은 세월이 흘러갈수록 더욱 명료하게 회상된다는 점이다. 중년의 가슴에 붉게 물들어가는 분홍빛이 하나도 부끄럽지 않은 까닭은, 젊은 시절 다짐했던 약속을 잊지 않고 여전히 지켜가고 있다는 자부심이리라.

참 고맙습니다

아내 환갑이라고
바쁜 일과 속에서도
오랜 시간 준비하여
우리들의 소중한 시간을 모아
귀한 책을 만들어 선물해준 당신,
고맙다는 말로 다 할 수 없는 감동의 선물입니다.
참 고맙습니다.

세상살이 많은 유혹들을 떨쳐내고
소신 있게 제 자리를 지켜주어서
참 고맙습니다.

일상의 자잘한 어렵고 힘든 과정들로 두려움이 커질 때마다
그 무거운 짐들을 눈처럼 사라지게 든든한 버팀목이 되어
준 당신,
늘 그 자리에 있어 주어서
참 고맙습니다.

찬 없는 밥상에서도
"이만하면 진수성찬이지"라고,
"맛있게 잘 먹었습니다"라고, 말해주어서 당신,
참 고맙습니다.

이른 아침 기척 없이 일어나
혹여 잠 깰까 소리없이 출근 준비를 하고
"Good Morning! 반갑게 다시 만납시다"라고
그날그날 일정과 함께, 기분 좋은 메모를 남겨주며
기분 좋은 하루를 시작할 수 있게 해준 당신,
참 고맙습니다.

하나뿐인 우리 딸, 현이에게
늘 따스한 마음으로
지지하고, 격려하고, 위로해주는
든든하고 자랑스러운 아빠가 되어주어

참 고맙습니다.

4살 꼬마, 손녀딸 손잡고
커피숍 파트너 되어 나들이하는
자상하고 멋진 할아버지 되어주어
참 고맙습니다.

오랜 시간 묵묵히 온갖 어려움을 버텨낸 당신,
참 수고 많으셨습니다.
참 고맙습니다.

내색하지 않으니 몰라서,
때로는 쑥스러운 성격에 그냥 그렇게 말 못 하고
혹은 모른 척 지나치는 것이,
당신을 편하게 하는 것인지 모른다는 생각으로
좀 더 다가가지 못하고
마음 졸이면서, 멀찍이서 그저 지켜만 보면서
위로 한 번 제대로 못 해준 것이
참 미안하고 후회스럽네요.

이제는 모든 걸 다 편하게 내려놓고 소통하며
서로 위로하고 다독이고 격려하는 진정한 동반자.

서로에게 소중한 존재로

순간순간 귀한 시간들을 행복하게 지켜가기를

간절한 마음으로 소원합니다.

당신의 아내로 살아왔던 지난 세월이 고맙고 또 감사합니다.

참 고맙습니다. 참 감사합니다.

아내 환갑 선물로 우리 가족들의 추억들을 모아 작은 책 하나를 만들었다.

젊은 시절부터 아내와 딸에게 보냈던 편지들을 모으고, 서로에게 털어놓은 소중한 편지들을 되짚어 다듬었다. 그 책은 우리 가족에게 너무나도 귀한 보물이 되었다. 읽을 때마다 편지를 썼던 당시의 마음이 떠올라 공연히 마음이 촉촉해진다. 아내와 현이도 나와 같은 마음이리라.

명동 거리와 마로니에 공원, 덕수궁 돌담길을 함께 거닐었던 우리들의 젊은 날, 매일 매일 모든 날이 고맙고 또 감사한 나날이었다. 빠듯한 살림에 부모님을 모시며 아이를 키우고 시동생들의 결혼까지 살뜰히 챙기던 아내를 떠올릴 때마다 고마운 마음이 저절로 차오른다. 그런 아내를 행복하게 해주고 싶은 마음으로 열심히 살아왔다. 그렇게 지나온 세월이 훌쩍 삼십여 년 흐르고, 서로에게 감사한 마음을 잃지 않는 것만으로도 왠지 가슴이 벅차오른다.

사랑하는 나의 아내 이희옥 씨,
언제나 한결같은 모습으로 제 곁을 지켜줘서
참 고맙습니다.

젊은 시절, 아무것도 내세울 게 없던 젊은 청년을 마음 하나 굳게 믿고
평생의 동반자로 허락해준 진실한 사랑에 감사합니다.
당신이 그려온 아름다운 꽃 그림처럼
순수한 마음을 잃지 않고 살아준 그 나날에 감사합니다.

사랑하는 딸 현이를 다독이며,
주변을 배려하는 착한 성정(상)으로 키워준 인내심에 감사합니다.
현명한 어른으로, 사랑받는 아내로, 좋은 엄마로
몸소 본을 보여준 당신의 지혜로움에 감사합니다.
따뜻한 마음으로 정성껏 차려준 밥상,
무럭무럭 김 나는 밥과 정갈한 반찬이
나에게는 늘 보약이었고,
그 밥상에 담긴 사랑과 응원으로 하루하루가 행복했습니다.

인생은 늘 굽이치는 파도 같아서
때로 힘들고 고단한 날도 찾아왔지만,

모든 것을 이겨낼 수 있었던 원동력은
오로지 가족의 힘이었습니다.
가족의 중심은 언제나 당신이었습니다.
때로는 세찬 바람을 온몸으로 맞고,
소낙비에 흠뻑 젖는 날이 있어도
향기 나는 꽃바람, 포근한 꽃비로 견뎌낼 수 있었던 것은
오로지 당신 덕분이었습니다.

당신을 내게 보내준 나의 운명에 고맙고 또 감사합니다.
당신의 남편으로 살아왔던 지난 세월이 고맙고 또 감사합니다.
참 고맙습니다. 참 감사합니다.

아픔을 이겨내야 큰다

요즘 날씨가 아주 포근하다. 주말 아침 6시, 해가 길어졌는지 벌써부터 밖이 환하다. 올림픽 공원을 한 바퀴 돈 뒤 목욕탕에서 샤워하고, 도넛 2개와 커피 한 잔으로 기분 좋은 아침을 시작했다. 장모님이 계시는 집에 들를까 했는데, 요즘 건강이 좀 안 좋으신 것 같아서 혹시라도 내가 가면 신경을 쓰겠구나 싶어 바로 집으로 들어왔다.

지난번에 사놓고 읽지 못했던 《CEO형 인재》를 조금 읽다가 선잠이 들었다. 지난주에 중국에서 손님이 와서 그 일로 좀 피곤했는지 피로가 몰려왔다. 오랜만에 책도 읽고 낮잠도 자면서 한가로운 휴일을 보냈다. '밤잠을 못 이룬다'는 딸아이 투정을 들은 뒤, 성장통이 시작되는 것 같아서 걱정도 되지만, 일견 든든하기도 하다.

책상에 앉아 PC 화면 속에서 밝게 웃고 있는 현이의 모습을 한참이나 넋을 놓고 바라봤다. 언제 봐도 날 행복하게 만들어 주는 얼굴, 때론 너무 보고 싶고 그립기도 하지만 그래서 더욱 열심히 일할 수 있도록 해주는 얼굴, 내가 존재하고 살아가는 의미다.

나도 젊은 시절엔 잠 못 드는 밤이 많았던 것 같다. 잠 못 드는 밤들이 쌓여서 먼 훗날 자신의 모습을 만드는 것이다. 20년쯤 세월이 흐른 뒤, 현이가 스스로 '언제 가장 멋진 모습이었을까?'라고 물어본다면, 잠 못 이루던 그 시절, 고된 연습으로 멍이 들었던 그 시절이 가장 아름다웠고 멋진 시간이었다고 대답할 수 있지 않을까?

일본인들이 많이 기르는 관상어 중에 '코이'라는 잉어가 있는데, 이놈을 어항에 넣어두면 5~8센티미터까지밖에 자라지 않는다. 그런데 아주 큰 수족관에 넣어두면 15~25센티미터까지 자라고, 강물에 방류하면 90~120센티미터까지 성장한다. 숨 쉬고 활동하는 세계의 크기에 따라 조무래기가 될 수도 있고, 대어가 될 수도 있다는 것을 의미한다. 사람도 꿈을 크게 꾸면 더 크게 자랄 수 있지 않을까?

얼마 전 포스코 센터에 갔다가 '고통은 생각하게 만들고, 생각은 사람을 현명하게 만든다'는 글귀를 발견했다. 백 리 길을 가는 사람은 백 리 길을 갈 채비를 해야 하고, 천 리 길을 떠나는 사람은 천 리 길을 떠날 채비를 해야 한다. 먼 길을 가는 사람에겐 먼 길을 가는 생각과 여정의 고통에 대한 준비가 필요

할 것이다.

앞으로 다가올 시대를 현명하게 맞이하려면, 무엇보다 자신감이 필요하다. 말하기는 쉽고 실천하기는 어렵지만, 자신과의 약속을 잘 지킬 줄 아는 능력을 키우는 것이 자신감을 성장시키는 밑바탕이다. 때론 지금의 생각 하나하나가 미래의 삶을 결정할 수 있다는 절박한 심정으로, 변화가 요동치는 시대에 자신을 믿고 미래를 설계할 수 있어야 한다. 나무의 나이테는 한 해 한 해 헐벗고 땀 흘리고 꽃피고 열매 맺던 생존의 증거를 육신에 새겨넣은 훈장이다. 사람은 자신의 기억 속에 나이테를 만들고 삶이 익어간다.

행복한 기다림

누군가에게 기다림은 견디기 힘든 고통이다. 반면 또 다른 누군가에게는, 기다림 자체가 가슴 설레는 기쁨의 연속이다. 고통과 즐거움으로 나뉘는 기준은 과정에 대한 마음가짐이다.

기다림이 고통인 이유는 확신이 없기 때문이다. 기약 없는 뒤척임과 한숨소리뿐, 막연하게 지새는 밤은 더디고 쓰라리기만 하다. 언제 끝날지 모른다는 막막함이 지배하는 일상에서 긍정적인 사고를 기대하는 것은 불가능하다. 매사에 부정적이고 비관적인 어조로 일관해 어두운 기운이 감돌고, 이렇게 찾아온 우울함의 끝이 행복할 리 없다. 항상 화난 듯한 표정과 무뚝뚝한 말투로 주변 사람들을 불편하게 만들고, 끝내 함께 식사할 이조차 없는 외톨이로 전락할 것이다.

반면, 즐거운 기다림은 기대감과 설렘의 전조로 미소가 먼저 번진다. 곧 찾아올 선물이 얼마나 값지고 소중한 것임을 너무도 잘 알고 있기 때문에 감사하는 마음이 저절로 일어난다.

기다림이 기쁨이 되려면 먼저 희망을 깨워야 한다. 희망은 오로지 긍정적인 마음에 달려 있다. 작은 일에도 최선을 다하고 얻어진 결과물이 만족스럽지 않아도 우선 감사하는 마음을 가져야 한다. 한 줌 티끌이 차곡차곡 쌓여 언젠가는 웅장한 태산이 된다. 이 간단한 진리를 인정하지 않고, 한 방에 모든 일을 해결하려는 조급함이 긍정적인 사고를 가로막는 것이다. 예를 들어 사막에서 오직 별자리에 의존해 길을 가는 상인 무리가 있다고 치자. 모래바람을 뚫으며 고된 하루의 여정을 마감하고 잠자리에 들 때, '오늘도 한 발짝 더 갔어요. 모두 고생하셨어요'라며 동료의 등을 두드리고 격려해주는 사람이 있다. 그 사람은 자연스럽게 동료들의 의논 상대가 되고 리더로 추대될 것이다. 하지만 '그렇게 힘들었는데, 오늘도 겨우 한 발짝밖에 못 갔어, 언제 목적지에 도착하지'라며 낙담하는 이도 존재한다. 그야말로 동료들의 걱정거리이고 부담이다. 리더는 커녕, 끝내 처치 곤란한 짐 덩어리로 낙인찍혀 버려지고 말 것이다.

아침부터 밤늦은 시간까지 정말 눈코 뜰 새 없이 바쁜 하루의 연속이다. 새벽 5시에 일어나서 7시면 회사에 도착한다. 때로는 화장실 갈 틈도 없을 정도로 바쁜 일과 중에도 현이랑 떨어져 지내는 시간 동안, 가장의 역할에 최선을 다하지만, 문득 얼굴이 떠오르면 당장이라도 달려가고 싶은 생각이 굴뚝같다.

지금처럼 열심히 살다가 다시 만나는 날의 반가움은 얼마나 클까, 그래서 어떤 이에게 기다림은 지치지 않는 열정이기도 하다.

변하지 않을 약속

지난 일요일, 아내와 함께 지인 결혼식에 다녀왔다. 예전 같으면 한복 옷고름이나 손수건으로 눈물을 찍어내기 바빴던 부모들이 신랑 신부와 가볍게 포옹하고 난 뒤 자리에 앉는 모습을 보고 약간의 당황스러움과 신선함을 동시에 느꼈다. 새로운 세대의 결혼 문화는 예전과 달리 비감한 면이 줄어들고 경쾌하고 발랄함이 강조되는 것 같다. 결혼식 후에 모처럼 아내와 데이트를 즐겼다. 이탈리안 레스토랑에서의 맛있는 식사로 아내가 기뻐하는 모습을 보며 감사하는 마음이 먼저 든다. 그동안 바쁘다는 핑계로 더 많은 시간을 함께하지 못한 것이 미안한 마음뿐이다. 소중한 사람에게 최선을 다하는 것이 무엇보다 중요하다고 또 한 번 다짐한다.

'결혼'이란 수많은 사람들 앞에서 평생 함께 살아갈 사람을 소개하고, 방금 소개한 나의 배우자에게 최선을 다하겠다는 서약의 현장이다. 결혼식에 참석한 사람들은 무겁고 신성한 그 맹세의 증인들이다. 턱시도 차림으로 결혼식장에 입장하기 전에 이미 신랑은 신부에게 평생 행복하게 해주겠다는 프러포즈로 굳은 약속을 했을 것이다. 신부는 신랑의 그 약속을 믿고 결혼을 수락했으며, 미래의 희망과 설레는 마음으로 결혼식 날짜만 손꼽아 기다렸을 것이다. 자신의 자리에 뻣뻣하게 서서 긴장한 채 기다린 신랑은 마침내 웨딩 마치와 함께 등장한 신부를 눈부신 표정으로 맞이한다. 에스코트해온 장인에게 자신을 믿어달라는 눈빛으로 호소하며 손을 내밀고, 눈시울이 붉어진 신부의 아버지는 차마 내키지 않는 손길로 신부의 손을 신랑에게 건네준다. 싱글벙글 만면에 희색이 가득한 신랑은, 주례의 엄숙한 독촉에 화들짝 놀라며 혼인서약을 다짐한다. 다른 건 기억나지 않아도 평생 이 사람만을 위하고 행복하게 해주겠느냐는 물음만 간신히 기억난다. 씩씩한 목소리로 "예"라며 소스라친 고함을 질러 하객들의 웃음을 자아내기 일쑤다. 떨리는 손으로 신부의 손가락에 겨우 결혼반지를 끼워주고, 주례의 지시로 신부의 부모에게 감사의 절을 하게 된다. 이렇게 아리따운 신부를 지금까지 고이 키워주신 은혜에 몸 둘 바를 모르겠다며 가슴에서 우러나는 예의를 표시하는 것이다.

그동안 많은 결혼식에 참석하면서 외워두었던 절차건만, 초보 신랑은 왜 그리 허둥대고 땀을 많이 흘리는지, 평생 처음

해본 메이크업이 얼룩지는 경우도 종종 발견된다. 신랑의 시점에서 바라보는 통상적인 결혼식 풍경은 흔히 이처럼 진행된다. 판에 박힌 결혼식이 싫어서 여러 가지 다양한 이벤트도 끼워넣어보지만, 하객들은 잔뜩 긴장한 신랑의 잔잔한 실수만 기억하며 놀려대곤 한다.

신혼여행을 떠나기 전 신랑 신부는 하객들이 식사하는 곳에 들러, 또 한 번 일일이 감사의 인사를 전해야 한다. 판에 박힌 결혼식이라 하더라도 이렇게 여러 번 많은 사람들에게 약속하고 확인하고 다짐하는 것이 결혼식이다. 아마도 "행복하게 잘 살아야 한다"는 말을 그 날 하루만 수백 번도 더 들었을 것이다. 오가는 말 속에는 실현을 담보하는 예언의 힘이 담겨 있다. 출근길 '잘 다녀오라'는 배웅을 받은 사람의 발길이 씩씩한 이유, '힘내라'는 격려와 응원을 받은 야구선수가 홈런을 친 이유는 결코 본인이 잘나서만은 아니다.

꿈의 씨앗이 열매 맺기까지

아침 출근길에 거리를 보니 어젯밤에 분 비바람에 은행잎이 모두 떨어져 아스팔트를 노랗게 물들이고 있다. 출근 시간만 아니라면 강 주변이라도 한 바퀴 돌면서 늦가을 정취에 빠져 보고 싶건만 바쁜 일상이 모처럼의 감성을 가로막는다. 어느덧 조금씩 힘이 빠질 나이건만 여전히 참고 견디며 열심히 하는 것에는 자신이 있다.

꿈을 가진 사람들은 행복하다. 어떻게 자랄지 모르는 가능성의 씨앗이 바로 그 '꿈'이라는 복주머니다. 최근 우리 회사에 신입사원 80명이 새로 들어왔다. 환영사로 어떤 얘기를 해 줄까 고민하다가 정채봉 잠언집에서 읽은 구절이 떠올랐다.

어떤 여인이 시장에 가는 꿈을 꾸었다. 이곳저곳을 돌아다니다가 새로 문을 연 가게에 들어갔다. 여인은 주인에게 여기서는 무엇을 파느냐고 물었고, 주인은 원하는 것은 무엇이든 판다고 대답했다. 여인은 가장 멋진 것을 사기로 하고, 먼저 행복과 지혜를 달라고 했고 걱정과 근심에서 해방될 수 있는 것도 달라고 했다. 그러자 주인은, 우리 가게는 씨앗만 팔지 열매를 팔지 않는다고 대답해 여인을 당황케 했다.

대충 이런 내용이었는데, 누구에게나 꿈이라는 씨앗이 있다고 운을 떼었다. 물과 거름을 줘서 결국 풍성한 열매를 맺게 하는 것은 가꾸는 사람의 노력에 달려 있다고 마무리했다. 신입사원들이 내 얘기를 일장훈시로 들을지, 교훈이 담긴 격려로 들을지 모르겠지만, 이 중에서도 반드시 크고 실한 열매를 수확할 사람들이 나오리라고 믿는다.

문득 가진 것은 없었지만 젊고 건강한 몸 하나만 믿고 서울에 처음 올라왔을 때가 생각난다. 어머니가 보고 싶어서 이불에 얼굴을 파묻고 울던 기억, 연탄불이 꺼져서 오들 오들 떨었던 겨울 밤, 배고픔을 참으며 아침을 기다렸던 궁핍이 한꺼번에 스쳐 지나간다. 서럽고 쓰라렸던 시절이었지만, 또 한편으로는 가장 체력도 좋고 두뇌회전도 잘 되고, 질병에 대한 면역력도 좋아서 몇 끼 굶고 찬 바닥에서 자는 정도로는 감기조차 잘 걸리지 않았던 무렵이기도 했다. 그래서 배고픔도, 서러움도 그렇게 꿋꿋하게 잘 견뎌낼 수 있었던 것 같다. 오히려 젊은 시절에 주어진 시련은 상당히 공평하다는 생각마저 든다.

젊었을 때 속된 말로 '잘 나가던' 사람이, 나이 들어 재산 잃고 명예를 박탈당하는 시련에 부닥치면 이를 극복하기란 무척 힘이 든다. 평생 실패만 거듭하다 70이 다 된 나이에 드디어 성공한 KFC 창업자 '커넬 샌더스'같은 예외도 있지만, 나이 들어 힘 빠지고 절박한 상황에 몰리면 견뎌내기가 몇 갑절 힘이 든다. 만약 그들이 젊은 시절 수많은 고생과 시련을 이미 겪어냈다면 경험을 되살려 충분히 다시 일어날 수 있지만, 노년에 처음 겪는 시련은 도저히 넘을 수 없는 벽처럼 막막하기만 하다.

자수성가한 사람들이 자식에게 닥친 어려움이 육체나 정신을 치명적으로 위협하지 않는다면 되도록 모른 체하는 것도 이런 이유에서 비롯된다. 아무 때나 손 내밀어 도와주면 그들에게 새로운 자산이 생길 수 없다. 어리광이나 투정에 흔들리지 말아야 자식을 더 깊게 사랑할 수 있다.

지나친 기대, 소박한 바람

장모님 건강이 안 좋아져서, 요 며칠 기분이 우울하다. 가족들의 건강은 언제나 내 기분을 좌우하는 가장 큰 이슈다. 그리고 여름방학을 맞아 곧 중국으로 떠날 현이에게 어떤 조언을 해줄까 고민한다. 우선 책을 많이 읽었으면 좋겠다. 가끔 현이와 밤새도록 인생과 미래, 혹은 문학이나 세상에 대해서 토론을 하고 싶을 때가 있다. 때로는 내가 미처 생각하지 못한 생각과 지식을 일깨우는 경우가 있어 나에게도 신선한 자극이 되곤 한다. 앞으로도 이런 일들이 더 많이 생길 것이라 생각하니 너무나 기대된다. 또 남의 말을 진지하게 경청하는 사람, 약속을 꼭 지키는 사람, 사회에 꼭 필요한 사람, 그리고 무엇보다 자신을 사랑하는 사람이 되었으면 좋겠다.

잠을 잊은 아비의 욕심은 끝이 없다. 사람들은 한평생 살아가며 많은 희망을 품고 때로 좌절을 겪는다. 끝을 알 수 없는 인생의 시작은 누구나 벅찬 기대로 출발한다. 갓난아기로 세상에 태어나서 가장 먼저 하는 일은 울음을 터뜨리는 것이다. 우렁찬 울음소리를 통해 자신이 태어났음을 알리고 사람들에게 또 하나의 기대를 선사한다. 방금까지 온몸의 뼈가 부서지는 듯한 산고를 겪은 어머니는 자신도 모르게 주르륵 흘러내리는 눈물로 열 달 동안 뱃속에 품어온 자신의 분신을 환영한다. 산실 곁을 서성거리며 안타까운 심정과 조바심으로 초조하게 기다리던 아버지 역시, 아이 울음소리에 일순 표정이 환해지고 펄쩍 뛸 듯한 기쁨으로 나직한 탄성을 뱉는다. 저도 모르게 누구에게인지 모를 감사의 인사를 전하고 아기 얼굴을 보기 위해 산실로 뛰어간다. 아내의 손을 부여잡고 홀로 고통을 견뎌준 데 대한 미안함과 고마움을 함께 전한다. 아직 눈도 제대로 뜨지 못한 아기 얼굴이 어떤 보배보다도 소중하고 아기에게서 전해지는 살냄새가 너무나 사랑스럽다.

아기에게 부모가 처음으로 거는 기대는 건강이다. 그저 아픈 데 없이 잘 먹고, 시원하게 똥 잘 싸고, 편안하게 쌔근쌔근 잘 자는 것 외에는 더 이상 바랄 게 없다. 세상 사람들 중에는 자식에게 일생 동안 아기 때 이상의 기대를 품어본 적이 없는 이들도 존재한다. 이런 교육관을 지닌 부모 밑에서 성장한 사람들은 누구보다 순수하다. 받는 것보다 주는 것이 익숙하고 작은 일에 감사하는 마음을 오래도록 잃지 않는다. 하지만 대개의 부모들은 자식이 자라면서 점차 거는 기대가 많아지고 눈높이도 높아지기 마련이다. 부모의 문제점은 자식들 삶의 방향을 자신들이 구체적으로 잡아줘야 한다고 믿는 데서 출발한다. 아이러니한 것은 기대가 구체적일수록 자식들이 받는 스트레스의 강도가 심해지고, 기대가 충족되지 않을 때 자신들의 인생이 실패했다고 느낄 확률도 높아지는 것이다.

스스로 삶을 개척하고 단계적인 목표를 세워 차근차근 도달하는 유형의 사람들은 오히려 부모의 바람이나 기대가 막연하고 추상적일 때 가능하다. 한국인 최초로 국제기구의 수장이 된 전 세계보건기구 사무총장 고 이종욱 박사의 부모가 그를 양육할 때, 의사가 되고 WHO 사무총장이 되어 조국과 가문의 이름을 빛내라고 가르쳤을까? 남수단 톤즈에서 헌신적인 의료활동을 펼쳐 '현대판 슈바이처'로 존경받고 있는 고 이태석 신부의 부모가 "너는 의대를 나와 아프리카의 성자가 되라"고 가르쳤을까? 그저 막연히 '남을 돕는 사람이 되어라', '아프고 소외받는 이웃을 위해 무엇을 해야 할지 생각해 보아라', '궁핍한 처지에 처한 사람들을 외면해서는 안 된다'며 인간애를 가르치려 하지 않았을까?

어렸을 때 천재로 소문났던 이들이 일평생 스트레스만 받다 인생을 망친 사례들을 보면, 구체적인 기대는 지나친 기대와 크게 다르지 않다는 생각을 해본다. 바람직한 부모의 역할은 자식들이 잘못된 방향으로 브레이크 없이 치달을 때, 다시 한 번 생각해보라고 조언하는 정도에서 머물러야 할지도 모른다.

이 세상에 무엇을 남길 것인가

성공이란

랄프 왈도 에머슨

날마다 많이 웃게나.

지혜로운 사람에게 존경 받고

해맑은 아이에게 사랑을 받는 것

정직한 비평가들에게 인정받고

거짓된 친구들의 배반을 견뎌내는 것

진정한 아름다움을 발견하고

다른 사람의 장점을 알아보는 것

튼튼한 아이를 낳거나

한 뼘의 정원을 가꾸거나

사회 여건을 개선하거나

무엇이든 자신이 태어나기 전보다
조금이라도 나은 세상을 만들어놓고 가는 것
자네가 이곳에 살다간 덕분에
단 한 사람의 삶이라도 풍요로워지는 것
이것이 바로 성공이라네.

사람들이 살아가는 것은 그가 죽은 후 세상에 무엇을 남길 것인가를 끊임없이 고민하고 현명한 답을 찾아가는 과정이라고 생각한다. 재산을 남기는 것은 가장 천한 유산의 사례다. 단지 숫자에 불과한 유물로 그가 살아온 인생의 가치를 잴 수 없을 뿐만 아니라, 어떻게 쓰일 수 알 수 없는 불확실한 수확물이다. 이름을 남기는 것은 그보다 나은 모델이지만, 결국 허황된 공명심에서 비롯된 이기적 산물이다. 칭찬과 찬사의 대척점에는 반드시 폄하와 모멸, 혐오의 가능성이 존재하고 청사에 기록된 이름이라 하더라도 오랜 세월이 지나면 왜곡되기 마련이니, 굳이 이름을 남기려는 노력 자체가 부질없는 노릇이다.

내가 생각하기에 가장 좋은 유산은 대를 이어 오래도록 이어갈 좋은 풍습과 전통을 남기는 일이다. 먼 길을 찾아온 손님을 융숭히 대접해 돌려보내는 여러 나라의 아름다운 풍습은 얼마나 가치 있는가. 품 안에 날아든 새를 위험으로부터 보호해주는 유목민의 불문율, 정적이라 할지라도 상대방의 말을 끝까지 경청하는 영국 의회의 전통은 결코 단 한 사람의 힘으로 이뤄낸 것은 아니지만, 어떤 예술품이나 과학 발명품보다 위대한 작품이다.

삶 그리고 일

인생 마라톤, 스페셜 치어리더

인생은 목표를 향해 외롭게 질주하는 마라톤과 같다. 모두가 등판에 선명한 자기 이름 달고 달리는 선수들이다. 스포츠로서의 마라톤은 똑같은 거리, 정해진 코스를 가장 빨리 통과하는 이가 우승하는 규칙이라도 있지만, 인생 마라톤은 규칙도, 코스도, 거리도 없다. 저마다 최적의 호흡법과 주법을 개발해 효율성을 극대화하지 않으면 어느새 다른 이들에게 추월당하기 십상이다.

오랜 기간 달려가야 한다는 점만 뺀다면 공통점이라고는 도무지 찾아볼 길이 없다. 그저 태어남과 죽음 사이, 인생의 코스를 스스로 측정하고 새로운 길을 개척하며 달려가야 하는 막막한 경주, 두려움과 벗 삼는 것이 일상다반사日常茶飯事다. 앞서 달려온 베테랑 선배가 코치를 해준다고 해서 특별한 비법이 있는 것도 아니다. 그가 헤쳐온 환경과 내게 주어진 처지는 결코 같을 수 없으니, '금과옥조' 같은 조언이라도 참고는 할 수 있으되 '불패의 진리'로 믿으면 큰 낭패를 보기 마련이다.

기나긴 인생 마라톤에서 유일하게 기댈 존재가 있다면 가족뿐이다. 가족은 인생의 동반자요, 서로에게 가장 특별한 응원단이다. 비축해둔 체력을 모두 소진하고 천근만근 무거운 다리를 안간힘으로 버틸 때, 가족의 응원은 깊은 샘 밑바닥에서 솟아나는 '용천수'처럼 엄청난 위력을 발휘한다.

"우리 새끼 힘들어서 어떡하니? 조금만 쉬었다 갈까?"

"힘 내세요, 여보. 조금만 더 가면 시원한 개울이 있어요. 제 어깨에 기대보세요."

"아빠 다리 아프시죠? 제가 주물러 드릴게요."

굳어가던 다리에 활력이 솟고 굽었던 등이 활짝 펴진다. 마치 보약이라도 먹은 것처럼 얼굴에 화색이 돌고, 시름과 고통이 씻은 듯이 사라져 온몸에 새로운 힘이 용솟음친다. 어느 멋진 응원가가 가족의 따뜻한 위로와 격려에 비할 것인가.

인생 마라톤을 달리는 건각들이여, 혹여라도 지칠 때, 가족들의 곤히 잠든 얼굴을 한 번 들여다보시라. 그대들의 가장 멋진 동지가 숨을 고르며 평화를 선물할지니.

최선을 다하는 삶

새해가 시작되고 벌써 2주가 지났다. 새해의 들뜬 분위기에 휩쓸리지 않기 위해 스스로 시간을 리드하려고 노력하지만 이런저런 행사가 많아 생각만큼 쉽지 않다. 올해는 우리 회사 설립 20주년을 맞는 해라 여러모로 신경이 쓰인다. 작년에 창립 이래 최대의 실적을 올려 내심 뿌듯한 마음이지만, 다가올 20년, 50년, 100년을 준비하는 마음으로 새로운 계획을 세우고 있다. 예전에는 중요한 일이 있을 때마다 어머니 목소리를 들으면 일이 잘 풀리곤 했는데, 점차 그 대상이 아내와 현이로 바뀌고 있다. 어머니께 살짝 죄송한 마음이 든다.

모처럼 직원 교육 시간에 '아름다운 세상'이라는 주제로 강의를 할 기회가 생겼다. 머리가 좋은 사람이 아니라, 자신의 일에 최선을 다하는 '착한 사람'이 아름다운 세상을 만들 수 있다고 강조했는데, 평범한 주제에도 불구하고 귀 기울여주는 직원들의 반응이 고맙고도 놀랍다.

윤리 교과서에 나오는 도덕적 행위를 말한 것이 아니라, 자신의 역할에 최선을 다하면서 공동체 발전을 촉진하는 구성원으로서의 역할을 강조한 것이 공감을 끌어낸 것 같아 애써 준비한 보람이 있었다.

착한 사람에 대한 세상의 정의는 다양하다. 오로지 타인의 행복을 위해 자신의 목숨까지 가볍게 내던지는 행위는 평범한 사람들은 엄두도 내지 못할 일이다. 이처럼 숭고한 희생적 제의는 성직자들이나 가능할지 모른다. 국가 차원에서 착한 행위의 가치를 평가한다면, 국익을 위해 사익을 억누르는 사람이 당연히 착한 사람이다. 선공후사先公後私의 미덕은 일견 아름다워 보이지만, 범위 설정이 관건이다. 보는 시각에 따라 의견이 분분하기 때문이다. 국방이나 외교적 당당함을 우선 가치로 내세울 수도 있고, 경제적 발전이나 문화적 창의성을 우선하는 사람도 있으니, 생각만큼 모든 사람의 뜻을 담아내기란 쉽지 않다.

과거 우리가 배웠던 벤담의 기계적 공리주의는 이미 시대정신에서 멀어져 있다. 갈수록 약자에 대한 배려와 관용의 가치가 강조되고 있는 시대에 살고 있으니 말이다.

착한 사람에 대한 정의가 '기업의 영역'으로 들어가면 좀 더 명확해진다. 경제학에서 설명하듯 '이윤추구'라는 기업 공동체의 기본 속성이 엄연히 존재하고 인사, 재무, 마케팅, 관리 등 모든 경영의 세부 분야에서도 반드시 기업의 이익을 극대화하는 방향으로 초점이 맞춰져 있기 때문이다. 하지만 현대 경영학에서는 기업의 이윤추구 못지않게 중요한 것으로 사회적 기여를 꼽고 있다. 사업장이 소재하는 지역사회에 대한 기여는 물론, 기업의 사회적 역할까지를 포괄하는 개념이다. 이른바 '돈 잘 버는 기업'을 넘어 '존경받는 기업'이 되라는 것이다.

그럼에도 불구하고 우선 기업이 살아남아야 사회적 기여도 할 수 있으니, 당장은 기업의 수익 창출에 기여한 구성원이 착한 사람이다. 그 과정에서 동료를 헐뜯거나 공을 가로채지 않고 서로 용기를 북돋우며 함께 성장하는 사람을 기업이 원하는 '착한 사람'으로 정의할 수 있겠다. 동료를 돕지 않고 자신의 출세에만 연연하는 사람은, 최선을 다하지 않는 사람이다. 조직의 힘을 키우기보다 혼자만 살아남으려는 이기적 구성원을 과감하게 걸러내는 것이 리더의 직분이다. 나 역시 주어진 직분에 최선을 다하느라 하루가 짧기만 하다.

친구, 벗, 동지

오래 사귄 친구들만큼 반가운 이가 있을까? 아무런 사심 없이 세속의 번잡한 예의를 벗어던지고 흉금을 털어놓을 수 있는 대상이 바로 친구다. 그냥 바라만 보고 있어도 너털웃음이 나고 마음이 편해진다. 굳이 내 삶에 대해 장편소설을 써가며 장황하게 설명하지 않아도, 있는 그대로의 장단점을 누구보다 가장 잘 아는 사람이다. 아무리 허세와 가식을 떨며 멋있는 척을 해도, 단박에 '너 어렸을 때 이불에 오줌 싸고 집에서 쫓겨났잖아?'라며 장난으로 골탕을 먹일 수 있기 때문에, 그 앞에서는 애써 폼잡을 필요가 없다. 순수한 동심으로 돌아가 같이 장난과 놀림으로 응수하며 모든 것을 내려놓고 즐기면 그만이다.

친구의 또 다른 장점은 가만히 있어도 나의 장점을 알아주는 것이다. "우리 용이는 정말 용감해, 도무지 겁이라곤 없어서 호랑이 간이라도 삶아 먹은 줄 알았다니까"라거나 "자네

지식에 정말 탄복했네. 어려서부터 똑똑한 줄은 알고 있었지만, 대체 어떻게 그 많은 것들을 줄줄 꿸 수 있다는 말인가?" 혹은 "네가 그렇다면 그런 거지 뭐, 꼼꼼한 거라면 누구 못지않으니 정말 안심이 된다니까." 이런 평가는 오랫동안 사귀며 신뢰를 쌓은 친구 사이가 아니면 나올 수 없는 말들이다.

'관포지교'의 주인공, 관중은 그를 가장 잘 아는 친구 포숙의 천거로 재상이 되어 당대의 역사를 바꾼 인물이다. 포숙은 제나라의 제상으로 있을 때, 군주인 환공에게 누구보다 훌륭한 인재로 관중을 추천하며 주저하지 않고 자신의 자리를 양보했다. 반신반의하는 환공에 의해 등용된 관중은 가진 바 재주를 마음껏 펼쳐 친구인 포숙의 우정에 멋지게 보답했다. 거문고의 명인 백아는 친구인 종자기가 죽자, 이제 자신의 연주를 제대로 들어줄 이가 없다며 다시는 거문고를 연주하지 않았다. 이처럼 다른 이에게 서슴없이 추천할 수 있을 정도로 서로를 인정할 수 있어야 진정한 친구라고 할만하다.

친구의 또 다른 말은 벗이다. '벗'이란 함께 즐거운 시간을 보낼 수 있는 사람을 말한다. 어려움을 함께할 수 있어도 기쁨마저 함께 누릴 수 없다면 '벗'이라고 부르기 민망하다. 그런 의미에서 천하를 움켜쥔 후 생사고락을 함께한 측근을 제거한 한 고조 유방이나, 명 태조 주원장은 '벗'이 없는 불쌍한 사람들이다. 친구나 벗은 때로 사선에서 가장 믿을 수 있는 동지이다. 칭기즈칸의 가장 든든했던 동지, 사준(四俊 : 무칼리, 보로클,

보오르추, 티라운)과 사구(四狗 : 제베, 수부타이, 젤메, 쿠빌라이)는 그에게 최고의 충신이자 허물없는 친구, 격의 없는 벗이었다. 전리품을 다투지 않고 서로 나눈 친구, 함께 육포를 씹고 마유주를 마시며 풍찬노숙을 마다치 않았던 벗, 이들은 부랑자 신세에 불과했던 테무친의 원대한 꿈을 완성시킨 동지로 몽골제국의 위대한 역사에 길이 남았다. 사무치게 친구들이 보고 싶은 계절이 다가온다.

개나리, 진달래가 피는 봄을 손꼽아 기다리는 즈음, 너무나 반가운 소식이 들려왔지. 오랜 벗들과 함께 정말 오랜만에 떠나는 여행, 누구보다 함께하고 싶은 마음 간절하지만 그럴 수 없음을 용서해주게. 돌이켜보면 40여 년을 함께한 자네들만큼 속마음을 툭 털어놓을 사람이 과연 어디 있던가. 때론 가족들보다 더 가까운 친구들과 모처럼의 여행을 함께하지 못해 아쉬운 마음 감출 길이 없네 모든 걸 함께하고 서로를 지켜준 부부애愛, 서로에 대해 감사하는 마음을 확인하는 오래도록 추억에 남을 행복한 시간이 되기 바라며…

세상 사는 이야기(나의 삶)

그칠 줄 모르고 쏟아붓던 장맛비가 곳곳에 상처를 남기고, 연일 무더위가 기승을 부리던 유난히도 길었던 지난 여름, 휴가 갈 엄두조차 내지 못하고 바쁘게 지내다보니 어느새 가을의 문턱에 서 있다. 어김없이 다시 오는 계절이지만 항상 새로운 마음가짐으로 새롭게 맞이하는 계절이기도 하다. 이처럼 세월은 언제나 변함없이 묵묵히 흘러가고, 정신적·물질적으로 하루하루가 다르게 변화하는 세상에서 그 흐름에 맞추어 가기가 벅차다. 하지만 세월이야말로 우리 모두에게 공평하게 주어진 기회의 시간이 아닐까?

무엇을 하든 순간순간이 우리 삶의 과거가 되고, 현재이고, 그리고 미래가 될 것인데, 자연과 조화로운 흐름을 외면한 채 인위적인 삶에 집착하여 본래 의미를 상실한 삶을 살아가기 일쑤이다. 숨 한 번 크게 쉬고 하늘 한 번 쳐다보는 여유로, 잠시 의미 있는 삶을 생각해보자.

중년에는 과거를 되돌아볼 수 있는 여유와 용기가 있어야 한다고 한다. 현재의 위치에서 지금까지 살아온 삶을 되짚어보고, 앞으로의 삶은 후회 없이 자신의 색깔에 맞추어 잘 살아보라는 말인가? 어린 시절 함께 어울려 서로 다르다는 생각 없이 뒹굴며 지내던 친구들……. 나이를 먹어 중년이 된 지금 모두 제각각의 다른 삶을 살아가고 있다. 어린 시절에는 모두들 크든 작든 나름대로 미래를 향한 꿈을 가졌으리라. 하지만 중년이 된 지금의 삶 속에서 어린 시절의 꿈이란 이미 퇴색하여 빛을 잃었거나, 빛은 지니고 있지만 유보된 채 마음 한 켠에 자리하고 있거나, 꿈을 이루기 위해 열심히 살아가는 모습이 찬란하게 빛을 발하고 있거나 할 것이다. 어떠한 삶을 살아왔든지 그 삶은 스스로 만드는 것이고, 삶의 가치를 쌓아가는 것도 모두 자신의 몫이었으리라.

나의 어린 시절 마음 한 구석에는 체험해보지 못한 미지의 세상에 대한 동경이 늘 자리하고 있었다. 여름마다 고향 마을에 서울에서 대학생들이 농촌 봉사활동을 하기 위해 내려와 초등학교 운동장에 천막을 치기 시작하면 어린 소년의 가슴은 설렘과 호기심으로 부풀어 있었다.

그들의 모습을 미래의 나의 모습과 오버랩시키면서 가슴이 벅차올랐었다. 그들이 떠난 후 천막이 거두어진 텅 빈 운동장에 홀로 덩그러니 앉아 그들이 남겨놓은 작은 흔적들을 보면서 나의 미래의 모습을 머릿속에 그려보곤 했다.
그 시절 어린 소년인 나는 꿈은 있었지만 꿈에 다가가는 길을 알지 못했다. 그 꿈을 가슴에 간직한 채 끊임없이 이루고자 하는 노력과 관심을 가지고 있었고, 내게 선택의 기회가 주어질 때마다 현재보다는 꿈과 미래를 먼저 생각했다. 누구도 알 수 없는 불확실한 미래를 앞에 두고 막연한 꿈과 현실 사이에서 끊임없이 갈등하면서 잠 못 이루기도 했다. 꿈을 이루기 위해서는 낡은 껍질을 깨고 기존의 삶을 바꿔야 한다고 생각했다. 힘들고 어려운 길일지라도 그 길이 나의 길이라면 과감히 결정하리라 다짐했다. 달걀을 깨지 않고는 오믈렛을 만들 수 없다고 하지 않았던가. 얻기 위해서는 과감하게 버리는 용기 있는 행동이 필요하다고 하지 않았던가. 가방 하나 달랑 챙겨들고 서울행 고속버스에 몸을 실었다. 미지의 세상에 대한 호기심과 설렘, 불안한 마음이 교차했다. 손을 흔들어 배웅하는 어머니의 모습 뒤로 사랑하는 이들의 얼굴과 어린 시절부터 그 순간까지의 기억들이 활동사진을 돌리듯 스쳐 지나갔다. 볼을 타고 흘러내리는 뜨거운 눈물과 가슴에서 솟구치는 뜨거운 열정을 느끼면서 열심히 부끄럽지 않은 삶을 살리라 다짐했다.
남보다 뛰어난 재주가 있는 것도 아니고, 화려한 배경이 있는 것도 아니지만 열심히 정직하게 사는 것이 꿈으로 가는 지름길이라는 부모님의 말씀을 가슴속 깊이 새기며, 초심을 잊지 않고 매일매일 열심히 살아온 삶이 오늘의 나를 만들었다고 믿는다.
아는 이 하나 없던 낯선 곳, 회사와 남산도서관을 오가며 열악한 환경에서 일하고 공부하느라 때로는 힘들고 지치기도 했다. 생각지 못했던 어려움이 찾아오고 번번이 발목을 잡힐 때마다, 가슴 깊이 사무치는 외로움과 그리움 때문에 낯선 도시 생활은 더욱 혹독했다.
하지만 삶의 원천이며 채찍이 되었던 사랑하는 나의 어머니와 나를 진정으로 아끼고 사랑하는 모든 이들을 생각하며 흔들리는 마음을 붙잡을 수 있었다. 내 앞에 놓인 장애물들을 인생을 방해하는 걸림돌이라 생각하지 않고, 꿈꾸는 미래를 위한 도약의 디딤돌이라 생각하며 다시 마음을 추스를 수 있었다. 대나무에는 나이테가 없다. 대신 마디가 있다. 옆으로 구부러지지 않고 하늘을 향해 곧게 성장한다. 그 하나하나의 마디를 딛고 일어서야 비로소 하나의 긴 대나무가 된다.
우리의 세상살이가 쭉 뻗는 탄탄대로로만 내달릴 수만은 없는 것이니 어려움을 만나도 피하거나 도망치지 말아야 한다. 담대하게 받아들여 지혜롭게 극복해야 하는 것 아니겠는가.
씨 뿌리지 않고, 땀 흘리지 않고 얻을 수 있는 것은 아무것도 없다.
욕심 부리지 않고, 사심 없이 하루하루를 열심히 살다보면 최소한 잘못된 과거로 인해 고통받지는 않을 것이다. 근면 성실하게 거두어들인 결실만이 진정한 미래를 소유할 수 있는 자에게 주어지는 선물이라고 생각한다.

쉽게 누리는 순간의 화려한 삶보다 소박하지만 깊이 있고 퇴색되지 않는 진솔한 삶을 살겠다는 스스로의 다짐, 사랑하는 부모, 가족, 친구들의 사랑과 기대, 그들을 실망시키지 않겠다는 나와의 약속, 이것이 세상을 살면서 부딪치는 수많은 유혹과 어려움 속에서도 바르게 처신하면서 살 수 있도록 나를 지탱해준 버팀목이며, 오늘까지 나를 이끌고 지켜준 힘이었다.

대단히 거창하고 멋진 꿈이 아니라도 좋다. 작고 소박한 꿈일지라도 꿈이 있다는 것은 삶의 무한한 원동력을 지니게 한다. 이 가을을 맞으면서 큰 숨 한번 들이쉬고 각자의 머릿속에 꿈꾸는 자화상을 그려보면 어떨까. 5년, 10년, 20년 후 자신의 미래 모습을 말이다.

〈매일경제〉 편집부에서 소소한 삶의 이야기를 주제로 글을 청탁해왔다. 평소 틈틈이 글을 써오긴 했지만, 남에게 보여주기 위해 쓴 것이 아니라 걱정부터 앞섰다. 쟁쟁한 각계의 문사들이 유려한 문체로 장식하던 지면을 변변치 못한 재주로 채워나갈 수 있을지 고민했지만, 내가 살아온 이야기를 담담하게 풀어가자고 마음먹으니 한결 부담이 덜했다. 나름대로의 꿈을 품고 서울로 올라와 낯선 곳, 낯선 사람들과 부대끼던 이야기, 처음 겪어보는 장애물에 어쩔 줄 몰라 허둥대던 청년 시절의 에피소드, 두려움과 어려움을 극복하고 의지를 다져나가던 반전 스토리, 내 인생을 지탱하던 부모님의 가르침 등 지면을 채워나갈 소재들은 차고 넘쳤다.

현란한 글솜씨가 아니면 어떠랴. 진솔하고 담백한 삶의 기억들을 가감 없이 써 내려가다 보니 어느새 일부분 덜어내야 할 지경이 되고 말았다. 주저하며 보낸 원고를 원문 그대로 충실하게 실어준 신문사 편집진에게 감사한 마음뿐이다.

우리가 공유하는 가치

대명 가족 여러분!
한 해 동안 우리 모두의 노고를 뒤돌아보면서
도종환 시인의 시 한 구절을 떠올렸습니다.

흔들리지 않고 피는 꽃이 어디 있으랴
이 세상 그 어떤 아름다운 꽃들도
다 흔들리면서 피었나니
흔들리면서 줄기를 곧게 세웠나니

선진국들의 경기 부진, 신흥국들의 인플레이션, 유럽발 경제 위기 등을 돌이켜보면 2011년은 수많은 기업의 운명을 시험하는 한 해가 아니었나 생각합니다. 그러한 여러 어려운 여건 속에서도 우리의 목표를 기어코 이루어낸 한 해였습니다.

흔들림 속에서 줄기를 곧게 세우고 피어난 꽃처럼...
봄날에 땀 흘리며 씨앗을 뿌렸기에 가능했고, 우리 대명 가족 모두가 목표를 위해 하나가 되었기에 가능했던 것이라 생각합니다.

지난 여름 기상 관측 이래 최고의 강우량이라는 악조건 속에서 그 빗방울보다 더 많이 흘린 여러분의 땀방울들을 기억합니다.
비가 내리는 날에는 고객의 방문을 애태우면서 가슴으로 진땀 흘렸고, 맑은 날에는 갑자기 몰린 고객들을 맞이하느라 온몸으로 진땀 흘리던, 우리들이었지요.
이렇게 올 한 해 우리들이 이루어낸 것들은 단순히 매출이나 손익목표 달성에 따른 성장이 아니라 우리 대명 역사에 영원히 기억될 한 페이지라 생각하기에 더욱 소중하게 다가옵니다.
여러분에게 진심으로 힘찬 박수를 보냅니다.
또한 우리 모두가 고객과 회사를 아끼는 진심 어린 마음으로 지금의 자세를 변함없이 지켜나간다면 오늘의 성과는 앞으로도 계속 이루어지리라 믿습니다.

대명 가족 여러분!
'성공은 더 큰 성공의 적'이라는 말이 있습니다. 국내 리조트

업계 정상의 자리에 서 있는 지금, 우리는 더 큰 미래를 위해 스스로를 다시 한번 뒤돌아보아야 합니다.

윤동주 시인의 '내 인생에 가을이 오면'이란 시 속에 이런 구절이 있습니다.

내 인생에 가을이 오면,
나는 나에게 열심히 살았느냐고 물을 것입니다.
그때 나는 자신 있게 대답할 수 있도록
하루하루 최선을 다해 살아야 하겠습니다.

한 해를 보내며 새로운 한 해를 맞이하는 길목에서 자신에게 물어봅니다. 진정 나는 내 삶의 매 순간순간을 최선을 다해 살고 있는가?
해마다 우리에게 365일이라는 많은 날들이 공평하게 주어지지만 그 시간의 가치는 모두에게 같은 것이 아닙니다.
시간은 빌려 쓸 수도 없고, 돈을 주고 살 수도 없으며, 더 많이 소유할 수도 없습니다. 그래서 늘 시간 속에 묻혀 무감각하지만, 분명 시간은 가장 소중한 자원입니다.
매 순간 최선을 다해 사는 삶. 시간에 소중한 가치를 부여하고 삶을 창조와 발전으로 이끄는 것은 순전히 우리 자신의 몫이 아닐까요.
시간의 가치가 모여 인생의 가치가 되고 여러분 인생의 가치가 모여 우리 대명의 가치가 된다고 생각하면 시간의 가치야말로 얼마나 소중한지 모릅니다.

여름에는 불꽃처럼, 겨울에는 눈꽃처럼
열정적으로 달려온 대명 가족 여러분.
세상에 아름답지 않은 꽃이 없듯 대명이라는 울타리 속에 함께하는 3,500여 꽃송이 중에 소중하지 않은 꽃은 단 한 송이도 없습니다.
여러분도 또 우리 대명도 서로 아끼고 살피며 꽃처럼 아름답게 키워 갑시다.
오늘이 마지막인 듯 최선을 다해 아름답게 살다 보면, 시간은 분명 우리 편이 될 것입니다.

대명 가족 여러분, 한 해 동안 정말 수고 많았습니다.
사장으로서가 아니라 대명 가족의 한 사람으로서, 묵묵히 자신의 자리에서 최선을 다한 대명 가족 모두에게 다시 한 번 고마운 마음을 전하면서, 여러분과 대명이라는 이름 아래 우리가 되어 함께 일할 수 있다는 것에 감사합니다.

대명은 내 인생의 절정기를 함께한 '영원한 청춘'의 직장이다. 되돌아보면 운이 좋았다. 과분하게 CEO 직분을 맡아 대명의 성장과 도약을 이끌 기회가 주어졌기 때문이다. 경쟁 회사를 따돌리고 대명이 국내 최고의 리조트가 되기까지 많은 동료들이 구슬 같은 땀방울을 흘렸고, 수없이 많은 고민과 연구로 밤을 지새웠다. 나 역시 리더의 자리에서 구성원들을 한마음으로 모으고 같은 방향을 바라보게 만들기 위해 많은 노력을 기울였다.

때로 힘든 위기의 순간들이 찾아와 앞을 가로막은 적이 한두 번이 아니었지만, 그때마다 대명의 구성원들은 똘똘 뭉쳐 장애물을 건너뛰고 걸림돌을 치웠다. 지금 생각해봐도 어느 한 사람의 현란한 개인기가 아니라, 많은 사람들의 협력을 통해 대명이 최고의 자리에 섰다는 점이 가장 뿌듯하다. 사회는 많은 이들의 헌신과 희생으로 더 발전되고 새로운 희망을 열게 된다. 그 과정에서 혹시 몇몇의 지나친 자화자찬이 많은 이들의 협력과 노력을 폄훼하지 않았는지 살피고 헤아리는 것에 많은 신경을 기울였다. 축성은 많은 벽돌들의 단단한 맞물림으로 완성된다. 내가 대명에서 일했던 시간은 어느 때보다 단단했다고 확신한다.

봄기운이 완연한 희망의 계절에

대명 가족 여러분.

봄기운이 완연한 희망의 계절에 짙어가는 봄 햇살처럼
'크고 밝은' 우리 대명大明의 앞날에 무한한 가능성과 함께
각자의 위치에서 열정을 다하는 여러분들의 모습을 떠올리
면서 오늘은 나눔의 본질에 대해 함께 얘기해보고 싶습니다.

우리 주위에 조금만 시선을 돌려보면
우리 사는 세상은 온통 나누는 것 천지입니다.
같은 공통체로 묶여 있으면
더욱 나눌 것이 많아지는 것 같습니다.

서로 얼굴을 마주하며 인사를 나누고
각자의 직분에서 역할을 나누고

고충과 기쁨을 함께 나누며
땀 흘려 일한 수확을 나누고
때로는 남들이 모르는 우리의 비밀(?)도 나눠야겠지요.
구성원들이 서로 정보와 소식을 나누고
이를 바탕으로 소통하고 성장을 추구하는 것,
이보다 멋지고 아름다운 나눔이 또 있을까 생각해봅니다.

이처럼 나눈다는 것은 사전적 의미의 '쪼개기'보다 대상의 모습을 온전히 유지하며 다른 이들과 공유한다는 뉘앙스를 더 강하게 지니고 있는 것 같습니다.
나눔이란 결코 갈라먹는 제로섬 게임이 아닙니다. 무한 복제가 가능한 창조적 게임이 아닐까 하는 생각도 해봅니다.

저는 수많은 나눔 중 가장 소중한 가치를 고르라면
동료애와 가족애라고 생각합니다.
가끔 동료애에 대해 많은 고민을 해보는데요. 가정보다 더 많은 시간을 함께 보내는 동료들 간에 서로 애정이 없다면 하루하루가 얼마나 고통스럽고 힘들까요? 생각만 해도 끔찍합니다.

대명 가족 여러분.
얼마 전 모 신문에서 4년 전 서해에서 침몰된 천안함 인양작업 중 순직한 해군 UDT 소속 고 한주호 준위의 시평을 읽었습니다. 생전에 고인은 솔선수범하는 리더십과 헌신적인 동료애를 보이며 충직한 군인의 길만을 걸었다고 합니다. 훈련병의 고름을 빨았다는 기사를 읽으며, 그의 고귀한 희생정신이 이 시대를 살아가는 우리에게 동료애를 설파하는 아이콘으로 가슴 속에 와닿았습니다.
당시 한 준위는 연일 계속되는 고된 작업에 지쳐 쓰러질 지경이면서도 경험이 부족해 위험하다며 작업조 투입인원 명단에서 대원들의 이름을 지우고 대신 그 자리에 자신의 이름을 적어 넣었습니다. 경험 부족은 곧 사고로 이어질 수 있다는 이유 때문이었지요. 전우들을 끔찍하게 아꼈던 한 준위는 결국 돌아오지 못하는 곳으로 떠났습니다.

시평을 읽으면서 코끝이 찡해 오는 마음과 함께, 동료 후배들의 안전을 위해 자신의 목숨을 바친 고 한주호 준위의 희생정신이야말로 진정한 의미의 나눔이 아닐까 생각해보았습니다.

대명 가족 여러분.
이 따뜻한 4월의 봄날에 자신의 주변 동료들을 한번 돌아보시면 어떨까요. 삶의 전장이라 할 수 있는, 우리의 소중한 일터에서 위해 서로를 희생할 수 있는 동료가 바로 여러분 옆자리에 있습니다.

힘들 때 기댈 수 있는 든든한 상사, 믿음직한 동료, 소중한 후배들을 위해 차 한 잔 건네고 가족들의 안부를 물어보세요. 편한 자리를 양보하고 컵에 물을 따르고 수저를 놓아보세요. 작은 진심 하나가 여러분과 동료들을 하나로 묶어주고, 그렇게 만들어진 진한 동료애는 우리 대명의 크고 밝은 미래를 만들어줄 것입니다. 이것이 모두가 일하고 싶은 직장으로 가는 지름길이 아니겠습니까.

'Everything changes but nothing changes.

모든 것은 변하지만 아무것도 변하지 않는다'

명품 브랜드 에르메스의 광고 카피입니다.

사람은 모두 다르지만 또한 사람은 모두 같다라고 할 수도 있겠지요. 저는 사람은 본질적으로는 모두 같다고 생각합니다.

따뜻한 말과 자신을 생각하는 진심 어린 행동에 마음이 움직이듯이

서로의 마음을 나누고

서로의 입장을 배려하고

상대의 입장에서 생각하고

나의 역할과 책임을 다하고 있는지 늘 고민한다면

우리는 하나입니다.

대명 가족 여러분.

성장하는 조직은 공부하고 고민하는 리더가 있다고 합니다.

거기에 더해 나누고 배려하는 구성원들이 있다면
우리 대명 가족 모두의 행복지수는 날로 높아질 것이라 믿습니다.

따뜻한 봄 날씨가 반가운 계절이지만
연일 미세먼지로 여러분들의 건강이 걱정됩니다.
건강 관리에 유념하시고, 봄으로 넘어가는 길목에 따사로운 햇살을 우리 대명 가족 모두와 나누고 싶습니다.

내가 대명에 근무하던 시절, 가장 고민했던 것은 직원들의 사기를 끌어올리는 일이었다. 사기 진작을 위해서 흔히 쓰는 단기적 접근 방법은 '당근'이다. 하지만 그 효과가 오래 가지 않기 때문에 결국 일시적 미봉책일 뿐이다. 결국 구성원들의 사기를 가장 충천하게 만드는 방법은 좋은 직장, 좋은 일터를 만드는 것이다.

좋은 직장이란 어떤 곳일까? 좋은 직장을 만들기 위해서 무엇을 해야 할까? 내가 끊임없이 탐구하고, 치열하게 고민하며 많은 이들의 의견을 구한 것은 오로지 이 질문에 대한 지혜로운 해답이었다.

수많은 책과 방송 미디어, 강연에서 전문가들은 저마다 현란한 방법론을 제시한다. 도움이 될 만한 것은 모조리 섭렵했지만 현실에 맞지 않는 방법들이 많았고, 결국 최종 결론은 우리 스스로 좋은 기업문화를 만들어가는 것이었다. 남들의 모델을 참고하되 우리 스스로 모범적인 사례를 만들어가는 것이 오래 가는 기업의 장수비결인 셈이었다.

나는 매달 직원들에게 보내는 따뜻한 편지를 통해 대명의 기업문화를 만들어가기 위해 노력했다. 거창한 내용은 아니었지만 우리 일상에서 일어나는 작은 일들을 주제로 삼아 잔잔한 메시지를 보냈더니 의외로 직원들의 호응이 돌아왔다. 옆 사람에게 차 한 잔 권하기, 식사할 때 물 컵 놓아주기, 가족 안부 물어보기, 출근해서 어머니를 비롯해 사랑하는 사람의 이름을 쓰고 하루 시작하기 등 동료들 간에 실천할 수 있는 사소한 배려들을 편지에 담았다.

서비스 마인드는 직장 안에서 동료들 간의 사소한 배려에서부터 시작된다고 생각한 발상이었다. '직원 만족이 곧 고객 만족'이라는 거창한 슬로건이 아니더라도, 작은 선행은 반드시 큰 울림으로 되돌아온다는 것을 느꼈다. 한국 기업이 서양의 오랜 합리주의와 일본의 정밀한 분업 시스템과 경쟁하면서 이길 수 있는 유일한 원동력은 한국 특유의 끈끈한 정과 십시일반의 협력 정신뿐이다. 그 바탕에는 이웃과 가족, 동료들의 단단한 유대가 깔려 있어야 가능하다.

청춘의 울타리

사랑하는 대명 가족 여러분,

그동안 대명의 울타리 안에서
여러분들의 과분한 사랑과 신뢰를 받으며
하루하루 즐겁고 열심히 행복하게 일했던 조현철입니다.

매년 이맘때쯤,
여러분들에게 희망찬 격려의 구호를 던지며
다가오는 새해를 함께 준비했는데,
올해는 그럴 수 없게 되어 서운한 마음을 금할 길이 없습니다.
저는 올해 12월 말일을 기점으로 대명에서의 보람찼던 시간을 정리하고 새로운 출발을 하게 되었습니다.
정다운 얼굴들을 일터에서 더 이상 마주할 수 없는 마음이 정말로 아쉽고 섭섭하지만, 또 다른 일상이 펼쳐지게 될 것이라는 기대감에 설레기도 합니다.

돌이켜보면 대명에서 근무했던 나날은
저에게 너무나 소중했고 정말로 행복했던 시간이었습니다.
누군가를 기쁘게 해줄 수 있는 일로 업業을 삼은 것부터가
크나큰 복이자, 넘치는 직분이었습니다.

할 수 있다는 자신감으로 똘똘 뭉쳐 목표를 세운 뒤,
어깨를 나란히 하고 힘을 모아 그 목표를 달성했을 때
짜릿하게 느꼈던 성취감을 영원히 잊지 못할 것입니다.

냉혹한 시장 환경 속에서도 '우리는 하나'라는 동질감으로
서로에게 든든한 언덕이 되었던, 아름다운 추억을
오래도록 잊지 못할 것입니다.

때로 지치고 힘들어 잠시 쉬어갈 때,
함께 나누었던 향긋한 차 한 잔, 정담 한 마디를
절대 잊지 못할 것입니다.

공동의 목표를 달성하기 위해 이기심을 버리고
희생정신으로 보여준 소중한 땀방울과 거친 숨소리, 열정의

체온을 기필코 잊지 않을 것입니다.

이처럼 가슴 벅찬 기억들을 선명하게 간직하고 떠나는
저는 얼마나 행복한 사람인지요.

대명의 울타리 안에 있을 때,
저는 언제나 기운이 펄펄 넘치는 청년이었습니다.

정호승 시인이 '마음속에 고래 한 마리 키우지 않으면 청년이 아니지'라고 노래했지요. 제 마음속에도 항상 집채만 한 고래들이 뛰어놀고 있었습니다.
모두가 여러분 덕분이었습니다.
여러분들이 지지하고 성원해준 덕분에,
드넓은 바다를 꿈꿀 수 있었습니다.
끓어 넘치는 열정으로 고래를 사냥할 수 있었습니다.
이제 제 마음속에 키우고 있던 고래를
여러분들에게 선물합니다.
원대한 꿈과 목표를 가지고 미래를 향해 전진하시기 바랍니다.

긴 여정을 생각해보면 여러분들의 앞에 놓인 장애물은 결코 걸림돌이 아닙니다. 오히려 딛고 새롭게 도약할 수 있는 지렛대입니다.

넘치는 자신감과 긍정적인 사고를 동시에 지닐 수 있어야, 스스로 '청춘'이라고 자부할 수 있습니다. 비로소 '청년'이라고 불릴 수 있습니다.
대명 가족 여러분들의 건승과 분투를 간절히 기원합니다.
지난 시간 여러모로 부족한 저를 믿고 따라준 여러분들에게, 머리 숙여 다시 한번 감사의 인사를 전합니다.

사랑하는 대명 가족 여러분,
부디 건강하시고 항상 행복하십시오.

오랜 시간 몸담았던 대명을 떠나기 한 달 전, 그야말로 만감이 교차하는 심정이었다. 정들었던 사무실 책상이며 집기들을 한동안 어루만지기도 했다. 하지만 무엇보다 마음에 걸리는 건 사람이었다. 혹시라도 누구 하나 섭섭한 마음을 품게 한 적은 없는지, 칭찬이 간절할 때 외면한 적은 없는지, 조금만 도와주면 더 크게 성장할 사람들을 바쁘다는 핑계로 무심하게 지나친 적은 없는지 충분한 성찰의 시간을 보내고서야 홀가분한 마음으로 대명의 울타리를 나설 수 있었다. 사랑했던 대명에서의 소중한 시간들을 가슴에 묻고 새 출발을 위해 한 걸음 나아가는 순간, 비로소 나는 '영원한 대명인'임을 깨달았다.

내 편이라는 믿음

무뚝뚝한 남편을 둔 아내들의 자조 섞인 농담 하나.

"맨날 바깥에서만 맴도니 바깥양반인가? 입바른 소리 한답시고 남의 편만 드니 남편인가?"

하루 종일 자식 뒷바라지하고 청소하고 설거지하고 빨래하며 집안을 번쩍번쩍 광내는 전업 주부 입장에서는 이 얘기가 반드시 농담으로만 들리지 않는다.

저녁 식탁에서 아내 이야기를 듣고 잘잘못을 가려주려는 욕심부터 버리는 것이 사랑받는 남편이 되는 지름길이다. 그저 묵묵히 사랑하는 아내의 푸념과 투정이려니 하고 다정한 눈길로 들어주든지, 조금 더 센스 있게 간간이 추임새와 맞장구로 공감을 해준다면 가정의 평화를 오래도록 지킬 수 있다.

하지만 '미련하기' 종목에서 둘째가라면 서러운 남편들, 정말 눈뜨고 못 봐줄 정도로 눈치코치가 없다. 이웃과의 사소한

다툼을 이야기하며 은근히 자기편 들어줄 남편만 목 빼고 기다렸는데, 그 기대에 찬 얼굴을 마주하고도 기어코 "당신이 잘못 생각하는 거야"라며 지청구를 던지고 만다. 기가 막힌 아내의 냉랭한 눈길을 감지하지 못한 채 짐짓 근엄한 말투로 "당신이 먼저 가서 사과해"라는 불도장을 찍으면, 곧 안방 문이 쾅 소리 나게 닫힌다.

당황한 '얼치기 판관' 남편은 도무지 이 사달이 난 까닭을 짐작할 수 없다. '어안이 벙벙하다'는 표현은 이럴 때 쓰는 문구이리라. 그래도 아내 화가 풀릴 때까지 잠자코 기다리는 축은 일말의 가능성이라도 남아 있다. 오히려 벌컥 화를 내며 안방까지 쫓아 들어가 모로 누운 아내에게 방금 무슨 행동이냐며 큰 소리로 나무라는 '꼰대 남편들'의 경우, 그야말로 답이 없다고 봐도 무방하다. 아내의 눈가에 그렁그렁 눈물이 맺히고 끝내 베개를 적시고 있는데도 물색없이 할 말 다하는 남편에게, 아직 떨어질 정나미가 남아 있는지조차 의심스럽다.

의좋던 신혼 시절, 아내에게 팔베개해주며 알콩달콩 주고받던 콧소리는 다 어디로 갔는지 입 밖으로 내뱉는 말마다 핀잔과 힐난만 담겨 있으니, 이젠 오로지 '남의 편'이 되어버린 사람과 남은 세월 어떻게 의지하며 살아갈지 막막하기만 하다. 세월의 강물은 그저 흘러만 갔다고 멋진 풍광을 만들어주지 않는다. 살다 보면 연일 계속되는 가뭄에 메말라 갈라진 바닥을 보일 수도 있고 때론 쏟아붓는 장마에 위험천만하게 넘칠 경우도 있지만, 그런저런 위급을 이겨내며 단단하게 바닥이 굳고 휘영청 휘어지는 강변을 이뤄야 보는 사람의 눈도 즐겁다. 내 편이라는 굳은 믿음을 서로에게 줄 수 있는 건 어찌 보면 대단한 부부의 특권이다. 피 한방울 안 섞인 생판 남이 만나서, 같은 찌개 냄비에 숟가락 집어넣고도 거리낌 없는 비위에 도달하는 건 실로 기적이다. 내 새끼 무릎에 난 생채기를 보며 함께 속상해할 수 있는 건 부부만의 축복이다. 어떤 순간에도 기꺼이 아내 편이 되어 주자. 남편의 혐의를 벗는 유일한 길이다.

월요일은 언제나 바쁘고 정신이 없다. 새벽 6시 30분에 나와서 퇴근할 때까지 시간의 흐름을 느낄 겨를이 없다. 전 직장 상사의 부친이 돌아가셔서 퇴근 후엔 장례식장에 잠깐 들렀다. 저녁에 회의 자료를 좀 보다가 누웠는데 영 잠이 안 온다. 아내가 깨지 않게 밖으로 나와 현이가 3년에 걸쳐 손 편지를 써서 선물로 만들어준 책을 읽었다. 읽으며 내 평생 처음으로 그렇게 많이 울었던 것 같다. 우리 가족들의 이야기가 담긴 역사책을 읽는 것 같았다. 소중한 추억들이 영화의 한 장면처럼 스쳐 지나갔다. 세수하고 와서 다시 읽었는데 또 눈물이 흐른다. 살아온 인생을 반추하고 성찰하는 하루가 또 그렇게 지나간다.

걱정하지 말자

지난 주말부터 태풍이 불고 비가 많이 내리더니, 오늘은 하늘이 맑고 바람도 잔잔해져 기분까지 상쾌하다. 현이에게서 온 메일을 보니 하루 하루를 즐겁게 사는 것 같아 흐뭇해진다. 친구들과 록 콘서트에도 가고 오페라도 관람하고, 프렌치 레스토랑에서 즐거운 외식도 한다니 마음이 한층 편해진다. 인생에 대한 계획은 더 명확해지고 삶은 즐거워지는 것 같다. 미래에 대한 막연한 걱정 따윈 과감히 떨쳐버리고 살았으면 좋겠다.

한평생을 살다 보면 수만 가지 걱정이 생겼다 없어지기를 반복한다. 어린 시절에는 '내일이 소풍인데 비가 오면 어쩌지?', 혹은 방학 내내 신나게 놀다가 개학이 당장 코앞으로 다가왔을 때, '언제 그 많은 방학숙제를 다하지?' 같은 걱정으로 이마에 주름 잡힌 경험이 한 번쯤은 있었을 것이다. 학업 스트레스가 극심해진 중고생 시절에는 '이번 시험 망치면 어쩌지?'

하는 고민으로 오히려 더 공부가 안되는 딜레마에 시달리기도 했을 것이다. 어디 그뿐인가. '친구가 나를 싫어하면 어떡하지?' '이번 학기 담임 선생님이 무서운 분이면 어쩌지?' 이런 소심한 고민에서부터 '내가 원하는 대학에 못가면 어떡하지?' '내가 지원한 학과가 별로면 어떡하지?'까지 사람에 따라 차이는 있지만 진로에 대한 걱정, 불확실한 미래에 대한 근심으로 힘들었던 기억이 있었을 것이다.

어른이 되면 더 많은 걱정들이 쉬지 않고 찾아와 괴롭힌다. 청춘 남녀들의 이루지 못할 짝사랑을 비롯해, 연애 시절 토라진 연인을 풀어줄 고민, 결혼 준비에 대한 걱정, 자식을 낳게 되면 아이 걱정, 연로하신 부모에 대한 걱정, 직장에서의 불편한 인간 관계, 절친한 선후배 친구들의 생활고, 이웃 간의 사소한 다툼 등 수많은 걱정들이 죽을 때까지 괴롭히며 놓아주지를 않는다. 재미있는 사실은, 어느 순간 내가 안고 살았던 수많은 걱정거리 중에서 한 가지라도 말끔히 해소된 것을 세어보면, 의외로 그 숫자가 너무 적어서 깜짝 놀라게 된다는 것이다. 제아무리 걱정하며 노심초사한다고 해도 문제를 해결하는 데는 전혀 도움이 되지 않는다는 반증이기도 하다. 오죽하면 이런 우스갯소리까지 있겠는가.

"걱정을 해서 걱정이 없어지면 걱정이 없겠네."

사람이 살아가는 동안 걱정과 근심거리가 조금도 없을 수는 없지만, 미래에 대한 두려움으로 이어지는 것만은 막아야 일말의 희망이 생기고 자신감을 잃지 않게 된다. 캐나다의 심리학자 어니 젤린스키는 "걱정의 40퍼센트는 절대 현실로 일어나지 않고, 걱정의 30퍼센트는 이미 일어난 일에 대한 것이며, 걱정의 22퍼센트는 우리 힘으로도 어쩔 도리가 없는 것이다. (겨우) 걱정의 4퍼센트만이 우리가 바꿀 수 있는 것"이라고 말했다. 걱정에 대한 연구로 경지에 이른 전문가가 한 말이니, 그의 말을 믿어보자.

걱정은 우리의 정신건강을 해칠 뿐, 문제 해결의 근본적 처방이 되지 않는다는 사실을 되새기자. 열어구가 쓴 해학 넘치는 도가 경전 《열자》에 나오는 유명한 일화 '기우'는 하늘이 무너질까 걱정하던 기나라 사람에서 비롯된 말이다. 설령 천지가 뒤집어져 하늘이 무너진다 해도 고작 한 사람의 걱정만으로 천재지변이 막아질 수 있겠는가.

유머와 허세

하루 종일 비가 주룩주룩 내린다. 아마도 가을을 재촉하는 비인 것 같다. 어느새 기온이 많이 떨어져서 아침저녁에는 이불을 덮고 잘 정도로 쌀쌀해졌다. 이제 곧 온 산이 형형색색의 단풍들로 뒤덮이면서 아름다움을 발산하는 계절이 오겠지. 단풍을 떠올리니, 문득 우리 가족이 미국에 처음 갔을 때가 생각난다. 아내나 현이에게 겉으로 내색은 하지 않았지만, 잠 못 이루는 날이 종종 있었다. 인생은 늘 고난과 시련의 연속이고, 의지와 지혜로 극복한 드라마와 같다. 당시엔 막막하고 힘들었지만 지나고 나면 감사해야 할 일들이 참 많다.

길을 걷다가 거리의 한 고깃집 간판을 보고 저절로 웃음이 새어 나왔다. 그 간판에는 “힘들 때 우는 건 삼류, 힘들 때 웃는 건 일류, 힘들 때 든든한 건 육류” 이렇게 커다란 글씨로 씌어 있었다. 지나가는 사람을 멈출 정도로 기발한 간판 문구의 원전은, "힘들 때 우는 사람은 삼류, 힘들 때 참는 사람은 이류, 힘들 때 웃는 사람은 일류"라는 영어권 속담이다.

긍정적인 사고를 강조하는 동시에, 인생의 가혹한 시험에 대처하는 현명한 마음가짐을 생각해보게 만드는 글귀다. 견디기 힘든 시련이 찾아왔을 때, 오히려 껄껄 웃을 정도로 멘탈이 강한 사람이 과연 있을까? 인류의 역사는 이처럼 단단하고 옹골찬 의지의 소유자들에게만 몇 페이지의 지면을 허락한다.

지칠 줄 모르는 창작 활동으로 인해 청각장애를 갖게 된 루트비히 반 베토벤은 청력을 잃고 난 뒤에도 여전히 작곡에 힘쏟기를 멈추지 않았다. 어느 날 자신을 찾아온 손님을 맞이한 베토벤은 피아노에 앉아 갑자기 시끄러운 아르페지오와 커다란 베이스 곡을 연주하며 "참 아름답지 않소?"라고 물어 자신의 낙천적인 열정을 증명했다고 한다. 청력을 잃은 거장에게 느닷없는 질문을 받은 그 손님의 당혹스러운 표정이 연상될 정도로 강렬한 유머다.

시각장애인 가수로 유명한 미국의 스티비 원더는 한 시상식에서 시상자로 등장해 봉투 안에 들어 있는 수상자 명단을 진지하게 들여다보며, 관객들과 카메라에게 짐짓 글씨를 감추는 제스처로 폭소를 자아냈다. 잇몸을 드러내며 활짝 웃는 스티비 원더의 너스레 덕분에, 앞을 볼 수 없는 그에게 수상자 명단이 들어 있는 봉투를 건넨 주최 측의 의도된 연출인지, 무신경인지 모를 이벤트도 덩달아 유쾌해졌다.

전국시대 조나라의 장군 염파는 무력이 출중하고 용맹이 대단한 명장이었다. 수많은 전장에서 엄청난 활약을 펼쳐 조나라를 '전국칠웅'의 하나로 우뚝 세운 염파도 나이가 들자 찾아주는 이가 없어 집안에서 조용히 '뒷방 늙은이'로 살았다. 어느 날 강성한 이웃 나라와의 전쟁이 일어나자 모두가 피난 갈 궁리에만 바빴다. 하지만 염파는 모두가 겁내는 진나라가 쳐들어왔다는 소식에 호탕하게 껄껄 웃고는 "아무짝에도 쓸모없던 내가 이제야 나라를 위해 죽을 기회가 찾아왔다"며 갑옷과 무기를 가져오라 소리쳤다고 한다. 진나라의 첩자가 내심 그를 겁내 염탐하려고 찾아오자, 염파는 일흔이 넘은 나이에도 불구하고 한 말의 밥과 세 근의 술을 먹고 마시며 자신의 건재함을 증명했고, 결국 진나라는 조나라와의 전쟁을 다음 기회로 미뤘다.

유머는 남의 눈치 보지 않는 자신감에서 나오며, 대개 한 분야에서 일가를 이룬 대가들의 전유물이다. 비록 허세일지라도 나는 유머 넘치는 사람이고 싶다. 전전긍긍하는 가벼움보다 여유로운 기품이 느껴지기 때문이다. 분명 후배들이 닮아야 할 멘토들이다.

아름답게 살고 싶다

때와 장소를 제대로 가릴 줄 아는 사람은 누구에게나 환영받는다. 대개는 눈치껏 분위기 잘 맞추는 사람에게 이런 표현이 허용된다.

하지만 삶의 원칙이 뚜렷한 일부 사람들은 통상의 관념과는 전혀 다르게 '때와 장소를 가리기 때문에' 때론 빈정거림을 받기도, 때론 질시를 받기도 한다. 순간의 질시와 야유에 흔들리지 않고 원칙을 지킬 수 있어야 스스로에게 떳떳하다. 잇속을 차리는 데 능하고 시류에 영합하기 좋아하는 사람들은, 시대를 거슬러 사는 이 '별종들'을 도저히 이해할 길이 없다. 가치관의 출발점이 다르기 때문이다.

위험하고 더러운 일에 앞장서는 것은 의외로 손쉽다. 그것조차 싫어하는 사람들이 많지만, 할 일이 명확한 상태에서는 내 손에 피가 묻거나 오물이 튀는 것만 감수하면 문제는 간단하다. 어차피 누군가 해야 할 일, 내가 해치우자는 결심이 서야 하지만 필부의 용기 이상이 필요한 일은 아니다.

우연히 경제지를 읽다가 누군가의 '성공 스토리'에 눈길이 오래 머물렀다.

실패는 돌에 새기고 성공은 모래에 새긴다는 내용이 인상적이었다. 답변만으로도 굳은 의지를 엿볼 수 있어 '참 대단한 사람'이라고 감탄했다. 세상에는 정말 내공이 깊은 고수들이 즐비해 잠시도 노력을 멈출 수 없다.

최근 현이의 힘들어 하는 편지에 격려 메일을 보냈지만, 나 역시 슬럼프에 빠져 있다는 사실을 그 아이는 모를 것이다. 하지만 속마음과는 달리 겉으로는 언제나 변함없이 당당한 모습을 보여주기 위해 마음을 굳게 먹는다. 언제나 딸에게 떳떳하고 자랑스러운 모습이고 싶은 것이 세상 모든 아빠들의 똑같은 마음이리라.

실패가 불을 보듯 뻔한 일에 총대를 멜 사람은 많지 않다. 모두가 머뭇거리거나 주저할 때 묵묵히 팔을 걷어붙이고 앞으로 나서는 사람이 있어야, 비로소 뒤따르는 무리가 형성된다. 은연중에 그 사람은 무리의 리더로 인정받는다. 궂은 일에 앞장서는 사람은 지금 자신이 걷는 길이 '명예로운 꽃길'이 아니라 '고통스러운 가시밭길'임을 잘 알고 있다. 내 뒤를 따르는 사람들의 반신반의하는 모습도 충분히 이해한다. 하지만 여전히 한 치의 미동도 없이 제일 먼저 걸림돌을 치우고 막힌 물꼬를 트이게 만들어낸 뒤에야, 흐르는 땀을 닦아낸다. 시원하게 쏟아지는 물줄기를 확인한 무리들이 일제히 환호성을 터뜨리지만, '침묵의 영웅'은 그제서야 거친 호흡을 고르며 조용히 안도의 한숨을 내쉰다.

정작 가관은 그다음에 펼쳐진다. 뒤에서 한 데 엉켜 우왕좌왕하던 무리들, 사선에서 멀찍이 비켜있던 그들 사이에 느닷없는 '공적 다툼'이 벌어진다. 내가 먼저 원인을 예측했다는 자칭 '예언가'부터, 정확한 방법을 차근차근 알려줬다는 '솔루션 전문가'도 등장하고, 후방지원이 얼마나 중요한지 아느냐며 짐짓 어깨를 쫙 펴는 이도 발견된다. 심지어 내가 가장 큰 소리로 응원했다며 쉰 목소리를 증거로 제시하는 촌극에까지 이르면 이만한 코미디가 따로 없다. 하지만 위기를 해결한 주인공은 조용히 구겨진 옷매무새를 다듬고 산발한 머리카락을 추스른 뒤, 묵묵히 자신의 자리로 복귀한다. 그 모습이 아름답다. 나도 아름답게 살고 싶다.

가족,
나를 비추는 거울

가장의 무게

우리네 정서에서 도대체 아버지들은 어떤 존재일까?

동트기 전, 경운기나 지게에 괭이나 쇠스랑, 삽 등 농사 도구를 이고 지고 나간 천생 농군 아버지 밑에서 어깨너머로 노동의 고단함을 엿본 세대이거나, 산업화의 거센 물결 속에 가족 부양하느라 허리가 휘고 손마디에 옹이가 박힌 아버지를 보고 자란 세대라면, '아버지'라는 말 속에 담긴 경외감을 짐작할 것이다. 그 당시 아버지들은 가족들이 보기에 온종일 일만 하는 존재들이다. 가족들이 모두 잠든 새벽에 나가는 시골 아버지들은 나직한 헛기침 한 두 번이, 들고 나는 기척의 전부다. 잠결 머리맡에서 소박한 아침을 드시며 두런두런 나누던 어머니와 아버지의 대화가 어렴풋이 기억날 뿐, 옷자락 소리와 삐걱 대문 여는 소리가 어느새 겹치는가 싶으면 다시 아버지의 고된 하루가 시작되는 것이다.

너른 들판의 돌밭을 종일 쇳소리와 씨름하며 고랑을 일구고, 지친 반나절의 피로를 막걸리 한 사발로 씻어낸 뒤 뉘엿뉘엿 서산에 해가 걸릴 때까지 허리를 펴지 않는다. 집으로 돌아오는 발걸음이 무겁기도 하련만, 어린 남매를 앞세워 마중 나온 아내의 부푼 배가 더 걱정이다. 식구가 늘어나면 아버지 한숨도 늘어가고 동리나 이웃 마을 추수 때 삯일이라도 더 알아볼 생각에 머릿속이 복잡하기만 하다.

도시 아버지들은 시골 아버지보다 얼굴 한 번 보기가 더 어려운 사람들이다. 어린 자식이 밤새 열이 나고 몸살로 앓는 날이면 그나마 아버지의 손길 한 번이 이마에 더 얹어지는 온기로 남을 뿐이다. 식은땀으로 온몸이 범벅된 자식의 기침 소리가 걸려 차마 떨어지지 않는 발길을 일터로 끌고 가는 젊은 아버지의 마음은 안타까움으로 찢어졌으리라.

'하루 벌어 하루 먹고 산다'는 말은 그 당시 모든 가정에서 통용되는 일상 언어였다. 월급날이 되기도 전에 동네 쌀집, 연탄집, 가겟방에 깔아놓은 외상값 때문에 다음 달 땟거리가 또 걱정으로 돌아오고, 아침마다 어머니는 줄줄이 늘어서 내민 자식들의 손을 뿌리치는 것이 다반사다. 요새 직장인들의 카드 청구서 못지않게 야멸차게 돌아오는 것이 외상값 독촉이요, 두름에 걸린 굴비처럼 나날이 느는 것은 자식들의 책값, 육성회비, 학용품값이다. 매일 새벽부터 밤중까지 야근에 특근을 자청하는 고된 노동으로도 자식들의 손바닥을 넉넉히 채워주지 못하는 아버지의 자책은 가족들에 대한 약속을 지키지 못하는 자기학대로 이어지기도 한다. “다음 월급날에는 꼭 우리 둘째 딸 예쁜 새 옷 사 주마” “추석 보너스 받으면 우리 새끼들 돼지갈비 실컷 사주마” “우리 막둥이 새 신발 필요하지? 아버지가 이번 설날에는 꼭 신발 사줄게” 번번이 무능한 가장은 약속을 어기게 되고, 그때마다 술에 취해 늦게 돌아온 아버지는 떼를 쓰다 지쳐 잠든 자식들의 얼굴을 거친 손마디로 처연하게 쓰다듬으며 상처 입은 짐승처럼 낮게 울었다. 커다란 등짝을 들썩이던 남편의 손에 아내의 손이 포개질 때까지, 조용히 골목을 비추던 달도 늦도록 잠들지 못했다.

올해의 마지막 날이다. 언제나 뒤돌아보면 아쉬움이 남는다. 한 해 동안 최선을 다해 달려왔지만, 마지막 하루 남은 달력을 보면 늘 후회가 밀려온다. 조금만 더 신경을 썼으면 결과가 달라지지 않았을까? 조금만 더 신중했으면 실수를 막을 수 있었을 텐데……. 이제 와서는 소용없는 생각들이 꼬리에 꼬리를 물며 앙금처럼 남는다. 일이 우선일 수밖에 없는 가장을 믿고 묵묵히 기다려준 가족들에게 미안함과 감사함이 앞선다.

성실함도 내력이려니

문득 남동생의 안부가 궁금해 책상 앞에 앉았다. 자랄 때는 늘 곁에 있는 것이 형제라는 생각에 소중함을 쉽게 잊는데, 각자 가정을 꾸리고 열심히 살아가느라 일 년에 몇 번 얼굴을 못 보게 되니, 때로 사무치게 보고 싶어지기도 한다. 서로가 힘이 되어주는 형제가 되기 위해 노력한다지만, 실제로 그런 사람이 되었는지는 도무지 자신이 없다. 명절을 맞아 마주보는 얼굴이 혹여 생각보다 많이 변해 있기라도 하면 그것만큼 가슴 아픈 노릇도 없다.

잘 지내는지 궁금하구나. 멀리 떨어져 지내보면 안다더니 가족들 중에서 네가 가장 염려스럽고 그래서 더욱 보고싶고 궁금하구나. 지난번에 서울에 갔을 때 워낙 시간도 없었지만, 얼굴을 못 보고 와서 말할 수 없이 아쉬웠다. 어린 시절 우리 아버지는 한결같이 새벽 일찍 일을 나가시던, 성실함의 표상 같은 분이셨지. 그런 아버지의 성실함을 물려받아 우리 형제가 지금 이나마 열심히 살아가는 것 같아 뿌듯하구나. 늘 건강 챙기는 거 잊지 말고 열심히, 그리고 떳떳하게 살아가도록 하자. 다들 보고 싶은 마음 굴뚝같지만 글로나마 보고싶고 그리운 마음을 전한다.

동생에게 편지를 쓰다 잠시 생각에 잠긴다. 우리 형제들에게 과연 어머니, 아버지의 존재란 무엇이었을까? 자식들을 먹이고 기르는 양육의 의무 외에 부모의 위치는 과연 무엇일까?

어린 시절 아버지의 성실함은 근동에서 소문이 자자할 정도였다. 정해진 시간에 일어나 새벽 공기를 벗 삼아 일터로 향하셨다. 비가 오나 눈이 오나 덥거나 춥거나 일 년 내내 어김없는 일과에 동네 사람들은 '참 시계 같은 양반'이라는 별칭을 붙여주었다. 과묵했던 아버지는 자식들에게도 특별한 잔소리를 하지 않았고, 고작해야 헛기침 몇 번으로 못마땅한 속내를 드러내시는 분이었다. 아버지의 한결같은 성실함은, 말보다 실천으로 자식들에게 어떻게 살아야 하는지 보여주신 가르침이 아닐까. 아버지에게서 물려받은 성실함의 내력은 우리 형제들이 성장해서 사회생활을 할 때 굉장한 위력을 발휘했다.

여러 가지 남다른 재주와 장점을 갖춘 사람들이 주변의 기대만큼 성장하지 못하고 주저앉아 버리는 경우를 종종 발견할 수 있다. 아이러니칼하게도 가진 장점이 지나치게 많은 데에서 천재들의 비극은 시작된다. 시詩, 서書, 화畵에 두루 능하고 음률과 가무에 이르기까지 어느 하나 나무랄 데 없는 팔방미인형의 인재들이 변곡점의 고개를 넘지 못하고 비탄에 빠져 있는 이유는 그 많은 장점을 단 하나도 전력으로 사용하지 못한 탓이다.

서울에 올라와 단칸방에 기거하며 초라한 자신을 뼈저리게 느낀 후 나는 단 하루도 게으른 삶을 살 수가 없었다. 내 공부의 영역과 범위는 단순히 지식을 습득하는 데 머물러 있지 않았다. 성실하게 매일 하루 최선을 다하는 것이 유일한 나의 장점이었고, 어느새 나는 어린 시절의 아버지를 닮아가고 있었다. 정직과 성실은 우리 형제가 아버지에게 물려받은 소중한 자산이다.

아! 나의 아버지

멋 부릴 줄 모르는 우리집 시계

나에게 아버지는 '성실 근면 절약'이라는 단어들을 금방 머릿속에 떠오르게 만드는 분이다. 또 '한평생 멋 한번 부리지 않고 살아오신 소박한 분'이라는 생각과 함께 나도 모르게 가슴이 찡해옴을 감출 수가 없다.

다행스럽게도 나의 아버지는 건강하게 살아 계신다. 연로하신 지금까지도 자기관리에 한 치의 오차도 허용하지 않는 철두철미한 분이시다. 가족에게도 말없이 실천으로 본을 보이시는 분이시다. 세상에 법 없이 살아가실 전형적인 분이 바로 나의 아버지가 아닐까 생각한다.

아버지는 평소 '내가 가진 것이 없으면 없는 대로 그만이고, 남의 것 탐하지 아니하며, 내가 가진 능력에 맞추어 살아야 한다'는 지극히 정상적이고 소박한 철학을 가지셨다. 요즈음 같은 각박한 시대에는 어울리지 않는, 한 마디로 융통성 없는 사람으로 불리기에 딱 적격인 그런 분이시다.

바로 이런 점 때문에 한평생을 함께 지내신 어머님조차도 '네 아버지는 숨 막히는(?) 사람'이라고 하시며 자식들에게 푸념하시며, 당사자인 아버님께는 '바가지'를 긁기도 하신다.

젊은 시절 직업 때문에 가족과 떨어져 혼자 생활하신 아버지는 간혹 집에 들를 때라도 감정의 표현이 두드러지지 않으셨던 것으로 기억된다. 집안일은 어머님이 도맡아 하셨지만 그리 고맙다는 내색도 없으셨다. 자식들에게도 살가운 애정 표현이 그리 없으셨으며, 공부하라는 말씀도 그렇다고 잘못했다며 꾸중하시는 것도 본 기억이 없다. 늘 한결같이 별로 말씀이 없으셨던 과묵한 모습이었다. 전형적인 자율 가정교육의 신봉자라고나 할까.

그런 아버님이 나에게 아주 강하게 심어주신 말씀과 행동이 있다. 바로 '지푸라기 하나라도 남의 것에 손대지 말라', '인자무적이니 선하게 살아야 한다'는 당신의 철학이었다. 또 새 학기가 될 때마다 어려운 살림살이에도 책과 공책만은 변함없이 새것으로 구입해주셨던 게 생생하게 떠오른다. 학기가 마칠 때는 지나간 책과 공책들을 모두 상자에 모아 놓으셨다. 가뜩이나 좁은 집에 이사가 잦아 그때마다 짐이 되어 처분할 만도 한데, 언제나 제일 먼저 박스에 넣어 챙기셨다. 아버지의 그런 모습은 내가 어른이 된 후에야 큰 교훈으로 마음 속에 자리하고 있다.

아버지는 오늘날같이 물자가 흔한 세상에 사시면서도 입으시는 옷이 못 입게 되기 전까지는 절대로 새것을 사지 않으셨다. 이뿐만 아니라 웬만한 거리는 걸어서 다니시며 버스를 기다리는 시간조차 낭비라고 생각하시는 분이다.

독일의 철학자 칸트가 '걸어다니는 시계'라면 우리집 시계는 바로 나의 아버지시다. 정시에 일어나시고 잠자리에 드시며 늘 일정한 시간에 맞춰 식사를 하신다. 해야 할 일을 절대로 미루지 않는 것은 두말할 것이 없고, 무슨 일이든 일찍 서둘러 준비하시기에 때로는 가족들을 피곤(?)하게 만드시기도 한다.

옛것을 소중하게 여겨 집안의 가재도구 하나라도 버리는 법이 없다. 낭비하는 모습을 보이기라도 하면 불호령이 떨어지는 것을 각오해야 한다. 하지만 아버지에게는 정반대의 측면도 있다. 좋아하시는 대중가요 가사를 수첩에 적어 다니시며 틈틈이 꺼내 흥얼거리시는 색다른 모습도 가지고 계신 그런 분이다.

가끔 두 분이 사시는 고향 집에 들를 때마다 하루하루 달라지신 모습을 보며 세월의 무심함을 탓하곤 한다. 내 생활을 핑계로 자주 찾아뵙지 못하고 가까이 모시지 못해 늘 죄송한 마음 금할 길이 없다.

'더도 말고 덜도 말고 한가위만 같아라'는 말처럼 그저 남은 여생 건강하게 사시기를 바랄 뿐이다. 올 추석에는 아버님과 함께 따뜻한 부자의 정을 느끼는 시간을 어느 때보다 많이 만들어볼 작정이다.

[한경비즈니스] 기고문

그리움을 겨우 이겨냅니다

보고 싶은 아버지,
언제나 오래도록 우리 곁에 계실 줄 알았던 당신을
황망하게 떠나보내 드린 지도 어언 한 달이 지나갑니다.

아버지 그늘 없이 큰 자식이 어디 있겠습니까?
말없이 묵묵히 그 깊은 속마음으로
우리 곁을 든든히 지켜주셨던 생전의 모습 때문에
이번 추석 당신의 빈자리가 유독 커 보입니다.

그리운 아버지,
아버지는 말보다 마음으로 자식들을 가르쳐 주셨지요?
평생 나무를 돌보듯 정직하게 키우셨고
마른 나무에 물을 주듯

주린 나무에 거름을 주듯
참을성으로, 솔선수범으로 우리를 키우셨습니다.

"남의 것은 지푸라기 하나도 넘보지 마라."
"네 몫에 만족하라."
잔잔한 행동으로 몸소 근검절약을 가르쳐 주셨습니다.
세상의 교언嬌言과 허세虛勢에 혹여나 자식들이 물들까 걱정하시며 멋 부릴 줄 모르는 우리 집 시계로 항상 모범을 보이셨습니다.

평생을 오롯이 한 치의 흔들림 없었던 아버지 덕분에
저희는 세상의 유혹을 멀리하고 꿋꿋하게 걸어올 수 있었습니다.
거짓과 과장誇張을 수치羞恥로 여기고
정직하게 올바로 살아올 수 있었습니다.

그리운 아버지
언제나 굳건한 바람막이이자 믿고 따라갈 수 있는 나침반,
든든한 언덕이 바로 당신이었습니다.

몸소 내주신 그 길을 따라 걷다보니 여기까지 왔습니다.
어느새 저도 누군가에게 길을 내줄 수 있는 나이가 되었지만

이즈음 아버지와 함께 걷지 못하는 현실이
너무나 서글프고 가슴이 메어옵니다.

보고 싶은 아버지
오늘 당신이 먼 길을 떠나시고
첫 번째 맞이하는 명절, 추석입니다.

온 가족이 함께 모여 웃음꽃을 피우던 이 자리에
당신을 향한 그리움만이 가득합니다.

몇 해 전 어머니와 온 가족이 함께 갔던 오어사
그 산길을 함께 오르며 자신만만해하던 모습을 기억합니다.
힘든 내색하지 않으시려고 억지로 가쁜 숨을 숨기시던
아버지의 그 모습을 떠올리며
어머니와 우리는 한마음으로 아버지를 그리워하고 있습니다.

언젠가 어머니와 함께 해운대 여행을 갔었던 일 생각나세요?
안 가시겠다고 하시는 걸 억지로 모시고 갔는데
호텔 내부를 신기한 듯 둘러보시고
이튿날 아침 바람 부는 해운대 해변 산책길을 걸으시며
참 좋긴 하다고 하셨지요?
그때를 떠올리며 이제 다시 할 수 없다는 아쉬움에

더욱더 아버지가 그립고 보고 싶어집니다.

생전에 더 많이 찾아뵙고 살피지 못한 회한이 물밀듯 밀려옵니다. 생전에 더 많이 아버지를 불러드리지 못해 차마 고개를 들지 못합니다.
이제 와 목메인 마음으로
조심스레 불러보는 자식들을 용서해주십시오.

보고 싶은 아버지
그리운 아버지

어머니 걱정에
그리고 자식들 걱정에 아직도 불편하게 지내지시는 않는지요?
이제 모든 근심 걱정 다 내려놓으시고
정말 편안하게 쉬세요.

아버지를 향한 그리움은 한이 없지만
생전에 함께했던 행복하고 아름다운 추억만 기억하겠습니다.
아직도 많이 부족한 저희들
결코 곁길로 새지 않도록 지켜봐 주시고
어머니 불편함 조금이라도 덜어줄 수 있도록
멀리서나마 보살펴 주십시오.

언제나 든든한 언덕이셨던 아버지,
많이 사랑하고 많이 보고 싶습니다.
너무나 감사했습니다.

생전의 아버지는 늘 한결같은 모습이었다. 자식들이 잘못을 해도 큰 소리로 혼내시지 않고, 묵묵히 당신 스스로 본을 보여주시며 어떻게 살아야 하는지 가르쳐주셨다.

게으름 부리지 않고 같은 시간에 일어나 일터로 향하셨으며, 같은 시간에 귀가해 자식들의 안부 먼저 물으셨다. 남의 것 탐내는 일 없이 스스로 당신의 몫에 만족하시며 분수와 만족을 알려주셨다. 성실함의 표본 같았던 아버지는 그야말로 '우리집 시계'였다. 어린 시절부터 그런 아버지를 보고 자란 자식들은 결국 아버지를 그대로 빼닮은 어른들이 되었다.

넉넉한 그루터기

그리운 아버지

회한悔恨과 비탄悲嘆의 눈물로 아버지를 먼 길로 떠나보내 드린 지 어언 한 해가 지났습니다. 보고 싶은 아버지 얼굴과 듣고 싶은 목소리를 추억하는 동안에도 시간은 말없이 흘러갑니다.

세월은 이리도 무심한 것인가요?

그립고 또 보고 싶은 아버지,

오늘 아버지 1주기를 맞이해서

먹먹한 가슴과 붉어진 눈자위로 이렇게 아버지 영전에

꿇어앉아서 생전의 은혜를 다시금 기억해봅니다.

언제나 말 없는 미소와 지나치리만큼 검소하고 성실한 몸가짐으로 하루를 시작하고 하루를 마감하신 한결같은 그 모습이 지금도 생생합니다.

허황된 겉멋 부리지 말고,
섣불리 남의 앞에서 으스대지 말고,
그리고 삶의 시련에도 좌절하거나 낙담도 하지 말고,
꿋꿋하게 정직하게 성실하게, 그리고 묵묵히 제 갈 길을 가라며 몸소 본을 보인 가르침 잊지 않고 있습니다.

"남의 것은 지푸라기 하나라도 손대지 마라."
"작은 것이라도 네가 가진 것을 소중히 생각하고 살아가라."
당신의 속 깊은 삶의 철학을 앞으로도 영원히 대대로 이어받아
더욱 가치 있는 우리 집의 가보로 간직할 것입니다.

그리운 아버지,
오늘 아버지 1주기를 맞이해서
생전에 당신께서 늘 소중하게 말씀하셨던
그리고 아버지를 그리워하시는 몇몇 친지들이 함께했습니다.

아버지 보고 계시지요?
다들 바쁠 텐데 이렇게 왔느냐고,
이 더위에 어떻게들 왔냐고,

그리고 반갑다고 어디 말씀 좀 해보세요.
보고 싶은 아버지
얼마 전에는 사진첩을 꺼내어 생전에 아버지와 함께한 사진들을 들여다보면서 지난 시간을 추억해 보았습니다.

그중에 아버지 80세 생신날이었지요.
온 가족이 둘러앉아 양평 강가에서 식사를 하고 산책하며 찍은 사진들을 보았습니다.
온 가족이 함께한 가족사진이며 어머니와 둘이서 다정하게 찍은 사진도 있었는데 이제 다시는 그런 사진, 그러한 시간을 가질 수 없다고 생각하니 생전에 더 많이 찾아뵙고 더 많이 살펴드리지 못한 회한이 물밀 듯 밀려왔습니다.
이제 와서 후회하며 목이 메어서 조심스럽게 불러보는 자식들을 용서해주십시오.

그리운 아버지,
보고 싶은 아버지,

이제 어머니 걱정을 내려놓으셨겠지요.
요즘도 많이 불편하고 힘들지만 그래도 가스도 잘 잠그고 열쇠도 잃어버리지 않고 나름대로 잘 적응하고 있으니 잘한다고 생전에 못다 하신 어머니 칭찬 좀 해주세요.

에어컨과 전기요금은 아버지보다 더 아껴서
아버지를 닮아간다고 둘째가 야단입니다.
이제는 걱정 다 내려놓으시고 편안하게 쉬셔도 될 듯합니다.

그리운 아버지,
아버지를 향한 그리움은 한이 없지만
생전에 함께했던 아름답고 행복했던 추억만을 기억하겠습니다.
오늘 아버지 1주기를 맞이해서
아버지 영전에 다시 한번 다짐합니다.
아버지 당신이 그렇게도 소중하게 생각하셨던 가르침대로 열심히 살아가겠습니다.
몸소 가르쳐주신 근검, 절약과 정직함을 기본으로 세상의 교언과 허세에 물들지 않고 거짓과 과장으로 가득한 세상에서 유혹을 멀리할 수 있는 당신의 정직한 지혜를 한시라도 잊지 않겠습니다.

아버지 감사합니다.
그리고 많이 사랑하고 많이 보고 싶습니다.
어머니와 우리 모두
아버지 당신을 향한 그리움이 가득 담긴 이 편지를 삼가 올리며 변함없는 우리집 시계로 그리고 아버지 당신의 잔잔하고 말없는 미소가 영원히 우리 곁에 남아 있기를 간절히 기원합니다.

아버지가 먼 길을 떠나신 지 벌써 1년이 지났다. 1주기를 맞이해 자식들과 지인들이 아버지 영전에 생전의 추억을 나누다 보니 그리움이 새삼 물밀듯 밀려온다. 화려한 삶을 사신 것은 아니었지만, 아버지의 인생은 우리 자식들에게 어마어마한 영향을 미쳤다. 모나지 않고, 욕심부리지 않고, 남에게 폐 끼치지 말고, 자신의 일에 책임을 다하라는 평범한 가르침을 나는 60년이 넘는 세월 동안 실천하려고 노력하며 살아왔다.

'꽃이 지고 나니 봄인 줄 알았다'던가. 아버지를 보내드린 뒤에 나는 비로소 아버지가 거인이었음을 깨달았다.

사모곡 1

사랑하는 나의 어머니,
거북이 등껍질처럼 바짝 말라 물기 없는
어머니의 손을 쓸어보는 마음
죄스러워 가슴이 미어집니다.

어린 시절 뛰놀던 고향에서
무섭고 놀랄 때마다 어머니 치맛자락으로 숨어들었지요
따뜻한 품 오로지 내 편인 그 섶의 온기
뒤로 숨은 아들의 든든한 앞인 줄만 알았습니다.

어린 자식들 입히고 먹이느라
찬물에 쓰리고 더운 김에 얼마나 매우셨나요?
풍상風霜을 마다 않고 고초苦草도 달다 하신 어머니 은혜 덕분에 자식들은 성장했지만 어머니는 온몸이 닳고 아프셨겠지요.
연고도 없이 가방 하나 달랑 메고 고향 떠나던 날,
낯선 얼굴만 보이던 버스에서 도로 뛰어 내려가 집으로 돌아가고 싶었습니다.
이러면 안 되지, 가슴으로 울며 떠나던 날
어머니도 뒤돌아서 홀로 우셨겠지요.

세상 풍파에 지치고 외로울 때 가장 먼저 떠오르는 것은
어머니 얼굴이었습니다.
흔들릴 때마다 그 품으로 다시 돌아가고 싶었습니다.
그때마다 여리게 키우지 않으셨지, 어긋나게 키우지 않으셨지,
이 악물고 새로운 다짐을 가슴에 심었습니다.

어머니는 항상 제 삶의 원천이었으며 버팀목이었습니다.
가르침대로 어려운 일 피하지 않는 당당함의 근본이었습니다.
가르침대로 남을 돕고 이끌어주는 온정의 이정표였습니다.
힘들고 지칠 때마다 어머니 얼굴을 떠올리며
다시 일어나곤 했습니다.

자식 낳아 길러보니 부모 마음 조금을 알게 되었습니다.
눈에 선하고 밟힌다는 표현이 무엇인지 알게 되었습니다.
눈이 빠지게 기다린다는 말이 어떤 느낌인지 알게 되었습니다.

평생 기다리고 마음 졸이느라 얼마나 힘드셨는지
짐작이 갑니다, 눈물이 납니다.

노년의 병마와 외롭게 싸우시는 어머니
자식 잘되기만을 바라며 모든 것을 인내하고 희생하신 어머니 삶에 가슴이 아픕니다.
어머니 고통은 모두가 제 탓인지라 죄스럽기 한이 없습니다.

그저 엎드려 빌고 또 빌어봅니다.
사랑하는 내 어머니, 부디 고통을 덜어주소서.
사랑하는 내 어머니, 부디 마음만은 평안하소서.

말년에 힘겨워하시는 어머니를 뵙는 일은 그야말로 고통이었다. 지금의 불편하신 어머니 모습이 자식들을 위해 원기를 모두 소진하신 것 같아 죄책감부터 밀려왔다. 어머니의 손을 잡고 말없이 눈물을 흘리는 것밖에 달리 방법이 없었던 나는 간절한 기도로 어머니가 건강하시기만을 빌었다.

자식들을 위해 일생을 바쳤던 어머니는 이타적인 헌신의 대명사였다. 자식들 먼저 챙기고야 숟가락을 드시고, 자식들 자리를 보고 나서야 잠자리에 드신 어머니의 보살핌 덕분에 자식들은 성장할 수 있었다. 그 염려와 걱정 때문에 말년에 더 힘드신 것 같아 깊은 회한에 젖게 된다.

사모곡 2

그리운 어머니,
어머니가 저희 곁을 떠나신 지 벌써 한 해가 지났습니다.

당시에는 애통한 마음이 눈 앞을 가려
차마 못 보내드릴 것 같았습니다.
흘러넘치는 슬픔으로 마치 송곳이 가슴을 찌르는 것만 같았습니다.

그립고 보고 싶은 어머니,
불초한 자식들을 용서하세요.

일 년이 지난 지금 저희는 염치없게도
밥 먹고 잠자고 일상으로 돌아와 잘 지내고 있습니다.

됫박에 담아 놓은 밤톨마냥 올망졸망 어린 저희들을
사랑으로 쓰다듬어 주신 어머니 생전 마음이야,
"잘 지내고 있다니 됐다"고 너그럽게 헤아려 주실 테지요.

하지만 흘러간 시간에 애달프던 마음마저 무뎌지는 것 같아
새삼 죄스럽습니다.
얼굴이 달아오르고 부끄럽기만 합니다.

영전에 다시 모인 못난 자식들을
인자하고 자애로운 마음으로 굽어보실 우리 어머니,
생전의 성정으로 미뤄 짐작하면 더없이 좋은 곳에 계시겠지요.

하지만 계신 곳이 모두 부러워하는 천국이라 하더라도
남겨둔 자손들 걱정에 어찌 편안하시겠습니까?
자식들, 손주들이 눈에 밟혀 마음 졸이시는 건 아닌지요?
돌아보면 천수를 누리실 어머니 건강이
불효한 자식들 걱정으로 깎이신 것만 같아 비통합니다.

물 귀하던 그 시절, 앞뒤 못 가리던 저희를
손수 씻기고 고이 다린 배냇저고리 갈아입히며
해질세라 닳을세라 사랑으로 품어주신 너른 품이 마냥 그립
습니다.

형제 많은 집일수록 먹성 좋아서
당신의 몫을 덜어 자식들 더 먹이느라
늘 모자라고 주린 배로 견디신 어머니 마음을
세월이 지나 저희도 자식 길러보니
조금이나마 헤아려집니다.

당시에는 그것이 사랑인 줄 몰랐습니다.
흔하디 흔한 부모 도리인 줄 알았습니다.
당연한 권리로 착각한 자식들의 짧은 소견인 줄을
저희도 부모 되어 살아보니 절절하게 깨달았습니다.
고된 일로 내 손에 굵은 옹이 박히는 건 아프지 않아도,
자식들 손에 작은 가시 하나 박히면 펄쩍 뛰는 부모 마음을
세월이 지나 그제야 알았습니다.
왜 자식 기르는 부모들이 '억장이 무너진다'는 말을
그렇게도 자주 쓰는지 이제야 알겠습니다.
유달리 정 많고 사랑 넘치던 우리 어머니,
지금도 생전의 모습이 눈에 선합니다.

인자한 미소로 저희를 하나하나 안아주시며
따뜻한 손길로 어루만져 보고 싶은 마음을
달래고 누르느라 어찌 견디시나요?
보고 싶고 그리운 마음이야 저희도 한없습니다.

하지만 이제 자식들 걱정은 그만 놓으시고

좋은 곳에서 마음 편히 쉬시기를 간절히 바랍니다.

화목하고 다정하게 서로 다독이며 격려하라는

어머니 생전 가르침을 마음속 깊이 새기겠습니다.

언제나 잊지 않고 실천하며 살겠습니다.

그리운 어머니, 편안히 계세요.

어머니를 보내드린 지도 벌써 일 년, 벌써 싸늘한 늦가을 바람이 찾아와 마음은 더 스산해진다. 누구에게나 눈물 나는 말이겠지만, '어머니'라는 단어를 들으면 나는 절로 가슴이 아린다. 어머니가 강건하던 시절에는 저절로 힘이 나던 말이었는데, 이제는 기어코 그립고 가슴 아픈 단어가 되고 말았다.

당신의 한없는 사랑 덕분에 어른이 되고 가정을 꾸린 자식들에게 여전히 큰 나무 그늘처럼 남아 지혜를 나눠주소서.

격려하며 닮아가며

어린 시절부터 같은 밥상에서 음식을 먹고 자란 형제간에는 추억을 공유한다. 어머니가 해주시던 김치오뎅볶음이 먹고 싶다는 생각을 너도 간혹 하겠구나. 가까운 곳에 살며 정을 나누고 서로 돕는 것이 형제의 도리겠지만, 스스로 알아서 잘하라는 말밖에 할 수 없는 일상들이 너무 안타깝구나. 도움이 되지 못하는 형이지만 무엇이든 열심히 하고 부지런히 살자고 다독거릴 수밖에 없구나. 비록 어려운 일이 있더라도 우리 형제가 곁에 있다는 생각을 잊지 말고 힘든 일이 있으면 함께 의논하자. 자신을 아끼는 것이 부모 형제를 아끼는 것이라 생각하고 건강관리도 소홀하지 않기를 바랄 뿐이다. 오늘따라 그 시절 어머니가 해주시던 감자고추장찌개와 포근했던 어머니의 품이 사무치게 그립다.

한배를 타고 나와 함께 자란 내 혈육이 왜 그립지 않을까?

편지로 넘치는 정을 얘기하며 주책 떨어도 덜 면구스럽다. 보잘것없는 글재주로 몇 자 끄적거려 그리움을 달래보는 수밖에…….

3남 1녀가 한집에서 같이 자랐지만, 남자 형제들 간의 우애란 약간 투박한 맛이 있다. 누이들이 건네듯 다정하고 살가운 안부 인사를 먼저 앞세우지 않고 다짜고짜 본론부터 꺼내기 때문이다. 상냥한 구석은 없어도 그건 또 그대로 진한 정이 느껴진다. 특히 사내들은 낯간지러운 인사치레를 할 줄 몰라서 형제간에도 직설적 화법으로 안부를 묻고 그 짧은 대화 속에 숨어 있는 행간을 잘도 짚어낸다. 별일 없냐는 전화 통화에 상대방이 잠시 머뭇거리면 아 무슨 일이 있구나, 고깃근이라도 끊어서 들여다봐야겠다고 마음 먹은 뒤, 돌아오는 주말 선약을 취소하게 된다.

좀처럼 남자 형제들 간에 투정이나 엄살을 부리는 법이 없어서 힘들어도 힘든 내색을 하는 모양을 보기가 어렵다. 가뭄에 콩 나듯 눈물이라도 보이는 날에는 그야말로 큰 사달이 난 것이다. 차마 남사스럽게 부둥켜안고 함께 울어줄 수는 없는 노릇이라, 조용히 지켜보며 쓴 입맛만 다시다가 등 한 번 쓸어주고 어깨 한 번 다독여주는 것이 고작이다. 어린 시절 달리다 넘어져 무릎이 까진 동생의 상처를 호호 불어주던 다정한 형이 정작 어른이 되어서는 그 정도밖에 위로해주지 못하니 영 물색이 나질 않는다. 하지만 그렇게 형제간에 한 번 속울음을 토하고 나면 왠지 후련해져서 다시 기운이 펄펄 나기도 한다. 언제 못난 꼴 보였냐는 듯 기가 살아 큰 소리로 껄껄 웃는 동기간의 농담에 짐짓 나무라는 잔소리 한 마당, 살뜰하게 깊어지는 정으로 서로 닮아가며 서로 격려하며 형제는 그렇게 함께 나이 들어간다.

가족, 그 아름다운 파티

오늘은 예비 사위 도연이가 '함'을 가지고 집에 오는 날이다. 언젠가부터 내 머릿속은 온통 두 사람에 대한 생각으로 가득했는데, 어젯밤엔 그야말로 설레는 마음으로 밤새 뒤척이다가 새벽 일찍 일어나 서재의 책상 앞에서, 딸과 사위를 마주한다.

하고 싶은 얘기, 당부하고 싶은 얘기는 정말 끝이 없지만 나중에 하기로 하고, 오늘은 가족이란 의미를 함께 생각해보고 싶다. 이 멋진 새벽을 축하하면서…….

가족이란 그냥 주어지는 것이 아니라 노력으로 완성하는 것이라고 믿는 나에게, 도연이가 아버지라고 불러준 그날, 오랜만에 신선한 파티에 초대받은 것처럼 가슴이 두근거렸다. 아름다운 파티는 모든 이들의 기쁨이자 즐길 거리지만, 여러 사람들의 노력과 인내, 때론 절제로 완성된다. 정성으로 음식을 준비하고 테이블에 차려준 분들의 노고는 물론, 파티에 초대받은

참석자들의 정중한 예의와 작은 배려들이 성대한 축제를 만들어내는 것이다. 미소 띤 얼굴로 인사를 건네는 친절, 사회자의 진행에 따라주는 배려, 다른 이들의 동선을 방해하지 않으며 자신의 몫을 적당히 덜어서 즐기는 매너가 어우러지고 상대방을 존중하고 경청하려는 마음이 흘러넘칠 때, 그날의 파티는 오래도록 기억에 남을 역사가 되리라.

따지고 보면 우리 전통 혼례풍습 중 '함'을 파는 과정도 많은 분들의 배려와 아량이 전제되어야 가능한 이벤트가 아니던가. 동네가 떠나가라 고래고래 소리를 지르며 '함'을 팔던 시절, 신랑 친구들의 밉지 않은 늑장과 짐짓 엄살 피우는 소란도 이웃들의 너그러움이 있어야 애교로 받아들여진다. 순조롭게 함을 들이기 위해 진수성찬과 노잣돈을 내놓는 신부댁의 넉넉한 마음씨도 빼놓을 수 없다. 밀고 당기는 과정에서의 짓궂음도 관대하게 용서하며 한바탕 희극으로 승화시키기 위해서는 그야말로 왁자지껄 기억될 해프닝이 되느냐 서로에게 상처 주는 드잡이질이 되느냐는 오로지 신부댁의 한없는 인내에 달려 있다.

'가족'이란 이름의 파티라고 크게 다를 것이 있을까? 진심이 담긴 격려와 서로에게 따뜻한 힘이 되는 위로, 소박하지만 정성이 담긴 마음의 선물, 행복을 기원하는 간절한 기도와 실수를 용서하는 관용, 사소한 말 한마디도 끝까지 들어주는 인내와 배려심, 힘들고 귀찮은 일을 먼저 하려는 희생과 헌신, 보고 싶을 때 기쁘게 달려가는 애틋함과 그리움, 환한 얼굴로 반갑게 맞아주는 정다움, '가족'이라는 파티를 성대하고 풍요롭게 만드는 원동력은 결국 사랑이다.

도연아, 가족을 완성하는 비결은 한결같은 마음이야. 서로에 대한 믿음과 섬김이 오래도록 변함이 없을 때 비로소 신뢰가 싹트고 희망의 꽃을 피워가는 법이지. 어머니 아버지는 너희 두 사람을 믿는다. 너희도 스스로를 믿고 서로를 믿고 또 가족을 믿어다오. 성대하고 아름다운 우리의 파티는 지금부터 시작이야. 다 함께 진심으로 이 파티를 즐겨보자.

세상 무엇보다도, 누구보다도 소중한 것은 가족이라는 확신을 공유하며, 서로에게 얼마나 소중한 존재인지 특별한 의미를 부여하는 시간이 되기만을 간절히 기원하면서 내 삶의 특별한 날, 새벽을 맞이한다.

혼서婚書, 귀한 인연에 감사합니다

새로운 만남, 새로운 인연은 정말 소중하고 가슴 떨리는 일인 것 같습니다. 자식들의 백년가약으로 맺어진 귀하고 아름다운 인연에, 무어라 표현키 어려운 감사함을 두근거리는 마음으로 전해 드립니다.
딸자식을 금지옥엽으로 키우지 않은 사람이 어디 있겠습니까만, 저희 부부에게 허락된 유일한 아이였기 때문에, 딸자식과 함께한 많은 아름다웠던 기억들을 성찰해봅니다.

장애물에 넘어지거나 벽에 부딪혔을 때, 달려가 안아 일으켜 주고 싶었던 마음을 애써 참고 스스로 이겨내는 과정을 가슴 아프게 지켜보았던 기억과 투정에 애써 무관심하며 자신을 뒤돌아 스스로 반성하는 과정을 마음 아리게 지켜보면서, 자신과의 약속을 꼭 지키고 사회에 꼭 필요한 사람으로 성장해주기를 바랐습니다.
이제 저렇게 훌쩍 커서 평생의 반려자를 만나 부모 곁을 떠나게 되니 감사한 마음과 함께 새로운 앞날, 새로운 시작을 잘 펼쳐갈 수 있을지 걱정스럽기도 합니다. 그러나 우리 부부는 딸과 함께했던 지난 시간을 찬찬히 성찰해보면서 기쁜 마음과 또 다른 걱정으로 잠 못 이루고 있습니다.
모쪼록 아직도 철이 없고 많이 부족하지만, 새로운 환경에서 그리고 훌륭한 가문에서 사랑받으며 제 역할에 충실하기를 기원하는 마음 간절합니다.
귀하고 소중한 아드님을 우리 아이와 맺어질 수 있도록 훌륭하게 성장시켜주시고, 허락해주심에 다시 한번 우리 부부는 머리 숙여 감사드립니다.
그동안 차곡차곡 쌓아둔 두 사람의 인격과 배움이 크게 힘을 발휘해서, 이해하고 배려하며, 서로를 아끼고 섬기는 아름다운 배필이 될 것을 믿고 기원합니다.
그리고 훌륭한 가문에 조금이라도 누가 되지 않도록, 또한 두 사람이 힘을 합쳐서 더욱 행복하고 축복받는 가족의 일원이 될 수 있도록, 우리 부부는 항상 기도하고 지켜보도록 하겠습니다.
아울러 귀한 아드님을 우리 부부의 새로운 가족으로 만들어 주시어 다시 한번 감사드립니다.
민망함을 무릅쓰고 몇 자 마음을 표현해보았으니 허물치 말아 주셨으면 합니다. 더불어 아주 작지만 정성을 담아 보내 드리오니 부디 사양치 마시고 받아주시면, 우리 부부의 무한한 기쁨으로 간직하도록 하겠습니다.

사돈댁에 보내는 함의 내용물을 아내가 정성스럽게 고이 싸는 모습을 가만히 지켜보노라니 왠지 엄숙함마저 느껴진다. 마치 결혼식장에서 곱게 단장한 딸의 옷매무새를 매만져주는 것처럼 한편 비장하고 애달프기까지 하다. 떨리는 아내의 손길 따라 내 마음도 함께 움직인다. 몇 번이나 다독이며 모양을 바로잡은 함 안쪽에 반듯하게 접은 혼서지를 봉투째 넣는다. 두 집안의 신성한 결합에 대한 감사 인사와 아름다운 한 쌍의 새 출발을 축원하는 평범한 내용이건만, 눌러 쓴 한자 한자마다 진심과 정성을 담아 봉투가 묵직해 보인다. 꽃이라 불러서 비로소 꽃이 된다고 하던가. 이 글의 내용처럼 행복만 가득하기를 빈다.

엄마로 피어난 딸에게

희망이 희망으로 피어나고

늘 품 안의 아이인 줄 알았는데

엄마로 새롭게 피어난 우리 딸

기쁜 소식에 가슴이 벅차올라

잠시 세상이 멈춘 듯했단다.

어쩌면 그리 장한지

어쩌면 그리 대견한지

저절로 어깨가 떨리며

아무나 붙잡고 자랑하고픈 마음 간절했단다.

세상에서 가장 위대한 일을 해낸 우리 딸이라고

필설로 형용키 어려운 것이

산고産苦라 하더구나.

몸이 쪼개져 나가는 그 아픔

정신이 아득했을 그 시간에

함께 손잡아주지 못해 미안하구나.

힘든 과정을 이겨내고 엄마의 영예로 피어난 우리 딸

사랑으로 교감하고 소통하며 마음껏 누려다오.

들뜬 기대로 사랑하는 사람과 함께 나날이 행복하거라.

예쁘기만 했던 딸이, 어느덧 훌쩍 커서 가정을 꾸리고 엄마가 되었다. 새로운 핏줄 손주가 태어났으니, 나 역시 할아버지로 신분 상승이 된 셈인가. 첫 출산의 고통을 씩씩하게 이겨내고 엄마로 거듭난 딸이 마냥 대견하고 기특하다. 아직도 우리 딸 현이를 생각하면 꿋꿋하게 공부하고 혼자 이겨낸 모습이 떠올라서 눈앞이 흐릿해지곤 하는데, 또 한 번의 결실을 이뤄내 더욱 고맙고 감사한 마음뿐이다.

희망을 불러온 천사

첫 돌을 맞은 수빈이에게

우렁찬 울음으로 긴 항해의 시작을 알리고
조그만 입술 오물거리며 배냇짓을 하던 희망 천사,
어느덧 첫 생일을 맞이하는구나.

크고 맑은 눈망울로 눈 맞추며
옹알옹알 옹알거릴 때마다
내 마음속 커다란 메아리는
솟아나는 기쁨이 넘쳐나기 때문이란다.

걸음마 익숙해져 뛰박질하며
더 많은 선물 보따리 풀어낼 희망천사
해맑은 웃음소리 고운 심성 그대로
큰 꿈으로 자라거라.

훈훈하고 따뜻한 바람이 되어
더 큰 세상을 밝히는 아름다운 별이 되어라.

손가락 발가락 꼼지락거리며 하품하는 어린 수빈이를 보노라면 신기하고 또 신비스럽다. 내 유전자를 물려받은 자식이 또 다른 생명을 잉태해 다시 한번 대를 물려준 것이니 어찌 신기하고 신비스럽지 않으랴. 저 아이가 조금씩 크면 부모에게 물려받은 재능이며, 웃는 모양이며, 여러 가지 성격들이 조금씩 나타나겠지. 그 모습을 보며 사람들은 엄마 아빠 닮았다며 신통해 하겠지. 젖 냄새 몽실몽실 풍기는 수빈이가 할아비 알아보느라 방싯거리면 나는 그만 정신까지 아득해진다.

높되 너르고 깊게

첫돌을 맞은 시호에게

기적처럼 이 세상에 태어난 시호야

너를 처음 마주 대하던 날

새 생명의 신비에 벅차올라

온 세상 시간이 멈춘 듯

기쁨과 감동으로 온 가족이 가슴이 메었구나.

기적의 여운 온전히 믿어지지 않아

다시 보고 또 보고

집으로 돌아와 자리에 누워도

너의 모습이 아른거려 잠을 이룰 수가 없었단다.

앙증맞은 팔다리 휘저으며

조그만 입을 한껏 벌려 하품하던 입 모양

살짝 볼 찡그린 배냇짓에도
화들짝 놀라 근심이 어른거리고

꼼지락거리는 손발을 조심조심 만져보며
사람들이 왜 '살붙이'라는 말을 하는지
단박에 깨달았단다.

세상으로 긴 여행을 시작한 시호야
세상에는 참으로 멋지고 아름다운 사람들이 많이 살고 있단다.
남을 돕고 배려하며 힘이 되어주는 사람들
이 세상을 아름답게 가꾸어 가는 사람들을
우리는 존경하고 함께 있고 싶어한단다.

우리 시호가 무럭무럭 자라서
소년이 되면
친구들에게 먼저 손잡아주는
넉넉한 사람이 되면 좋겠구나.
넘어지는 친구를 일으켜주고
혼자서 가는 길보다 함께 가는 길이 더 즐거운
세상을 보는 눈길이 따뜻하고
정이 넘치는 씩씩한 소년이면 더욱 좋겠구나.

청년으로 훌쩍 자란 시호는 또 얼마나 멋지겠니?
유쾌하고 활발한 그리고 긍정적인 사색으로
인생을 아름답게 꿈꾸고 가꾸어 가면 참으로 좋겠구나.

샘솟는 호기심과
밝고 건강한 도전정신으로
세상을 향해 성큼성큼 걸어가는
당당하고 늠름한 청년 시호의 모습이 그려지는구나.

친구들과 마음껏 뛰어놀며 꿈을 키워가는 소년에서
세상을 향해 과감하게 도전하는 늠름하고 당당한 청년으로
이웃과 주변으로부터 이 세상에 꼭 필요한 존경받는 사람으로
그렇게 멋지게 성장할 수 있도록
우리 가족 모두가 힘차게 응원하고 기도해주마.

일 년 전 그날의 환희가 아직도 생생한데
오늘 축복으로 맞이한 시호의 첫 생일을
온 가족이 마음을 모아 축하하고 축복하니
온 집안에 행복 씨앗 가득 뿌리고
아낌없는 사랑 듬뿍 받으며
희망의 나무로 건강하게 자라거라.

아름다운 꿈 가슴에 담아
너른 땅 딛고 높이 솟아
이 세상에 꼭 필요한 큰 나무로 자라거라.

무럭무럭 자라는 첫 손주에 이어 둘째 손주까지 돌을 맞아 하루 종일 행복한 웃음만 나온다. 손주들의 첫돌을 맞아 앞날을 기원하는 축시를 선물하는 것도 너무나 감사하고 행복하다.

훗날 아이들이 장성했을 때 할애비가 어떤 기원을 했는지 알게 될 것이라 생각하니 그것도 의미 있는 일이다. 내가 생각하는 멋진 사람이란 마음이 넉넉한 사람이다. 항상 주변을 살피고 혹시라도 소외된 부분은 없는지 돌아보는 여유와 자만하지 않는 겸손과 성실을 갖춰 인성이 훌륭한 사람으로 건강하게 자라는 것만이 오직 간절히 바라는 기원이다.

어찌 필설筆舌로 전할까마는

사랑하는 나의 딸과 사위에게

사랑하는 내 딸 지현아,

언제나 마음 든든하고 자랑스러운 나의 사위 도연아,

그리고 하루하루 무럭무럭 자라나는

우리 집 행복 천사 수빈이와 시호야!

일을 하거나 밥을 먹을 때 그리고 잠자리에 들 때도 늘 눈앞에 어른거리는, 내가 이 세상에서 가장 사랑하는 나의 가족들, 너희들을 생각하면 언제 어디에서 무얼 하든 늘 가슴 한쪽이 먹먹해질 정도로 그립고 사랑스러운 마음이 한 움큼 쏟아질 듯하구나.

새해가 시작되었는데도 너희 두 사람과 수빈이, 시호 생각이 매 순간 뇌리에서 떠나질 않으니, 어쩐 일인지... 아빠가 나이를 먹은 연유일까? 지난 한 해도 아무 탈 없이 건강하고 행복한 한 해를 보냈으니 다가오는 새해 역시 우리 가족에게 건강과 행운이 더욱 가득할 것이라 믿는 마음이 간절하단다. 특히 올해는 도연이와 현이의 인생에서 새로운 전환점이 될 것이라는 생각에 몇 가지 당부와 응원의 말을 전해보려고 늦은 밤 이렇게 지면으로 너희 두 사람과 마주하고 있단다.

먼저 지금까지 그래왔듯이 너희 부부가 서로에게 감사感謝하는 마음이 더욱더 깊어지기를 바라는 아빠의 마음을 전하고 싶구나. 우리가 지금의 행복을 누리며 살아가는 배경에는 반드시 누군가의 배려와 정성이 어떠한 형식으로든 깃들어 있다는 걸 잊지 말기 바란다. 서로에게 감사하고 배려하는 마음이 부족해질 때 나도 모르는 사이에 그 빈자리에 이기심과 불평불만이 채워지는 것 아니겠니.

아빠가 지금껏 짧지 않은 인생을 살아오는 동안에 '그래도 이거 하나는 참 잘했구나'라고 생각한 것이 있다면, 바로 내 주위의 사람들에게 또는 내가 하는 일들에 대해 진심으로 감사한 마음으로 임한 것이라고 생각하고 있단다. 때론 힘들고 서운한 마음이 들 때도 늘 좋은 의미意味를 부여하고, 내 자신의 부족함에서 오는 것이라 생각하면서 늘 감사한 마음으로 최선을 다하려 노력했던 것이지.

지금 뒤돌아보아도 어느 것 하나 감사하지 않은 것이 없단다. 올바른 심성으로 바르게 길러준 부모님, 그리고 언제나 내 편에서 자신을 희생하며 배려와 동반자로 평생을 아빠와 함께해준 너희 엄마 이희옥 여사, 진심으로 걱정과 격려로 응원을 아끼지 않은 선후배 동료들, 크고 작은 인연으로 만나 지금까지 좋은 관계를 유지하는 주위의 지인들, 이 모든 사람들이 아빠 인생의 크나큰 행운이라고 믿고 있어.

아울러 엄마 아빠의 정성을 잊지 않고 올바로 자라준 우리 딸 현이, 함께 행복을 일궈가는 사랑하는 나의 사위 도연이, 그리고 희망의 천사로 예쁘게 잘 자라주는 수빈이와 시호, 이 모두가 내게는 감사하고 또 감사해야 할 소중한 모습들이란다.

언제 어디에서 무엇을 하든, 어떠한 경우든 감사의 마음을 잊지 말기 바란다. 실제로 자기 통제력과 감사의 마음이 자신의 행복지수 및 성취지수와 비례한다는 많은 연구 결과가 있으니 감사의 마음이란 세상을 살만하게 만들어주는 원동력이라고 생각해.

사람에게 뿌리란 소중하게 맺어진 인연일 거야. 뿌리가 튼튼하지 않은 나무는 작은 바람에도 쉬이 흔들리고, 폭풍우가 몰아칠 때 송두리째 뽑혀버리는 법이야. 울창한 숲의 튼튼한 나무들은 땅속 깊은 곳에서 서로의 뿌리를 얽어 단단한 토대를 다져놓기 때문에 모질고 세찬 풍진에도 힘차게 견딜 수 있을 거야.

그 인연들은 부모 자식으로 맺은 인연일 수도 있고 부부로 맺은 인연일 수도 있겠지. 감사의 마음은 이 인연들을 목숨처럼 소중하게 생각할 때 더욱더 가치 있고 아름다워지는 것이라고 믿는다.

두 사람에게 부탁하고 싶은 아빠의 두 번째 당부는 약속의 소중함이란다. 우리가 누군가와 약속을 한다는 것은 반드시 지키겠다는 스스로의 다짐이나 다를 바가 없단다. 상대가 있는 약속도 소중하지만 나 자신과의 약속은 더욱 소중한 것이 아니겠니?
세상에서 가장 힘들고 어려운 약속이 자신과의 약속이라고 한단다. 간혹 사람들은 약속을 지키지 못한 것을 사소하게 생각하거나, 진정성 없는 사과 한마디로 넘어갈 수도 있다고 생각하기도 하지. 하지만 남들과의 시간 약속 하나를 지키더라도 자신과의 약속을 지키는 것이라 믿는다면 사소한 것이란 없는 거란다. 언제나 15분 먼저 도착하자는 자신과의 약속 하나를 철칙으로 지켜 나간다면 시간이 지날수록 그 가치는 상상키 어려운 결과로 나타날 것이라 확신해.
이제 고인이 되신 LG그룹의 구본무 회장은 어떤 약속이건, 누구와의 약속이건 15분 먼저 도착한다고 해서 '구본무 회장의 15분 룰'이라는 말이 생겨났다고 하잖아. 일반적으로 사회적으로 높은 위치에 있는 사람들이 약속 시간에 늦게 가는 것을 마치 덕목처럼 생각하는데, 구본무 회장은 아래 직원들과의 약속 시간에도 어김없이 15분 먼저 도착해 기다려서 많은 사람의 귀감이 되었다는 후문이 지금까지 이어지고 있으니 약속의 소중함이야말로 수만 번 강조해도 과하지 않을 거야.
능력도 충분하고 가능성도 넘치는 아까운 사람들이 약속의 소중함을 깨닫지 못하고 미완성의 대가로 쓰러지고 마는 안타까운 사례들이 얼마나 많은지 몰라. 개인이든 기업이든 약속을 소중히 여기는 사람들의 특징은 예측하지 못한 변수를 고려해서 충분한 준비를 하고 사소한 실수로 약속을 그르치지 않기 위해 만반의 준비를 해둔다는 거야.
내가 하는 말보다 남의 얘기에 귀 기울이는 겸손함, 이것 또한 나와 약속이 될 수 있다면 벌써 저만큼 앞서가는 사람이 되어 있을 거야.
특히 부부간의 약속은 표현하기 어려울 만큼 너무 소중해. 가장 믿고 가장 소중한 사람이니까. 너희들이 부부로 인연을 맺은 순간, 어떠한 순간에도 어떠한 상황에도 서로를 아끼고 사랑하며 배려와 격려의 마음으로 일생을 함께하겠다는 다짐으로 굳은 약속을 했을 줄 믿는다.
그 순간의 굳은 마음과 다짐을 결코 한순간도 잊지 말아야 해. 하루하루 날이 갈수록 더욱 새롭게 갈고 닦고 되새기며 최선을 다해 서로 섬기면서 살아야 하는 거야. 그렇게 살아가다 어느 날 문득 거울을 들여다보면 아름답고 따뜻하게 닮아 있는 서로의 모습을 발견하게 될 텐데, 그것이 바로 오랜 세월을 함께 살아온 아름다운 부부의 훈장 같은 것이 아닐까.

두 사람에게 부탁하고 싶은 세 번째 당부는, 늘 남들에게 베푸는 사람으로 기억되었으면 하는 거야. 베푸는 마음은 곳간만 풍족하다고 해서 우러나오는 것은 아니야. 진심으로 감사한 마음에서 우러나와 내 마음을 소중한 사람들과 함께 나누는 것이지.

상대방의 진심을 이해하기만 한다면 소박한 밥 한 그릇 간소한 찬 몇 가지로도 얼마든지 진수성찬을 차릴 수 있을 거야. 내가 함께하는 사람들과 밥을 먹는다는 것은 우리 인생에서 정말 중요한 일이라고 할 수 있어. 많은 사람들과 교분을 나누고 함께 밥을 먹으며 끈끈한 정을 나누는 것, 밥을 함께 먹는 것으로 표현한 것이지만 사실은 차려진 식탁에서 진심을 나누는 것이라고 봐도 무방해. 앞으로 도연이가 큰 일을 하고 때로는 큰 결심을 해야 하는 일들이 많이 있을 텐데, 그런 일들에 앞서 주변의 많은 사람에게 많이 베풀고 많은 의견을 들어보면 큰 도움이 될 거라고 믿는다.

예전에 경주 최부잣집 얘기를 들으면, 대로 사방 백 리 안에 있는 사람들은 굶는 사람을 없게 하라고 하는 가문의 전통이 있었다고 하는구나. 특히 안살림을 하는 안식구들이 궂은일을 하는 아랫사람들에게 넉넉하게 베풀고 밤늦게 일하는 사람들에게도 직접 밥상을 차려주곤 했다는데, 그때 도움을 받은 많은 사람들이 최부잣집이 큰 어려움에 처했을 때 지켜주었다는 일화가 있단다.

은혜를 받으면 갚고 싶은 마음이 인지상정이지. 그런 점을 잘 새겨서 주변을 살피고 지혜롭게 생활하기 바란다.

너희 두 사람에게 부탁하고 싶은 마지막 한 가지는, 현명하고 지혜로운 중용中庸의 마음이란다. 한쪽으로 치우치지 않고 균형을 잡는 사고思考는 세상을 살아갈 때 중요한 잣대가 될 수 있단다. 역지사지易地思之란 멀리 있는 것이 아니야. 중용은 역지사지의 철학을 실천할 때 저절로 터득할 수 있게 된단다. 혹시 내가 자신에게 유리하도록 편리하게 판단하지는 않았는지 뒤돌아보고, 상대방의 마음에서 충분히 생각해볼 때 중간 지점이 정확히 보인다는 아빠의 경험을 들려주고 싶어. 자식을 기르는 데도 중용은 무척 중요한 요소가 되지 않겠니? 감정의 기복이 심한 부모는 아이에게 불안감을 주지만 자신의 감정을 잘 다스리는 사람들은 기쁘고 놀라운 일을 만들어낸다고 하더구나. 관객들에게 감동을 주는 오페라에서 가장 가슴 절절한 아리아는 목청이 터지도록 고함치지 않고 오히려 조용하면서도 깊은 메아리로 오랫동안 여운을 남기는 법이란다.
아빠가 좋아하는 말 중에 '치이심恥耳心'이라고 있는데, 부끄러울 치, 귀 이, 마음 심을 써서 항상 무슨 일을 함에 있어 자기 가슴에 귀 기울여 부끄럽지 않게 하라는 뜻이지. 이 또한 중용의 기본이 아닐까 생각한다.

도연아, 그리고 지현아

아빠는 너희들이 열심히 공부하며 얻은 지식과 가치관을 충분히 존중한단다. 모든 일을 계획하고 실행하는 데 있어서 현명하고 지혜로운 눈을 가졌다고 믿어 의심치 않는단다. 아빠보다 훨씬 많은 지적자산知的資産을 가지고 있다고 벌써 믿고 있지만, 세상을 먼저 살아온 인생 선배로서 노파심과 그리고 자식 걱정을 놓지 못하는 부모 마음 때문에 기어코 이런저런 당부를 늘어놓게 되었으니, 아빠의 애틋한 마음을 잔소리라 허물치 말기를 바란다.

다시 한번 강조하자면, 언제 어디서나 어떠한 경우든 감사하고 고마운 마음을 가슴 속 깊이 간직하길 바란다. 또 어떠한 가치로 인생을 살아갈 것인지 자신과의 약속을 더욱 소중히 생각하는 사람으로서, 다양한 사람들과 신뢰를 쌓아가면 좋을 것 같구나.

말을 많이 하기보다 남의 말을 많이 경청하고, 늘 겸손한 자세로 자신을 볼 수 있는 '성찰의 거울' 하나씩 가슴속에 간직하며, 감정의 기복을 잘 통제하고 말 한마디도 따뜻한 체온을 느낄 수 있도록 늘 인내와 중용의 마음을 간직하면서 살아간다면 사회적인 성공은 물론, 가정 안에서도 보람과 성취로 오랜 세월을 가꿔온 아름다운 부부가 되어 있을 거야.

아빠는 언제나 너희 두 사람이 가장 소중하다. 아빠는 언제 어디서 무엇을 하든 너희 두 사람을 응원한다는 걸 잊지 말기 바란다. 더 큰 희망과 꿈을 향해 힘찬 나래를 펼쳐가기를 두 손 모아 기원하면서…….

자식에게는 가벼운 조언을 해주려고 마음먹었다가도 혹시 잔소리가 되지 않을까, 나이 든 사람의 케케묵은 옛이야기가 되지 않을까 걱정부터 앞선다. 특히 성인이 된 자식들은 더욱 조심스럽다. 세상의 많은 부모도 푸르고 시린 청춘을 겪었고, 야심 차고 자신만만한 꿈을 품은 적 있으니 자식을 지켜볼 때 불쑥 달려들어 말리고 싶어질 때가 왜 없으랴. 한없는 인내심으로 자식을 묵묵히 지켜보는 것도 부모 되는 큰 공부다. 당장 한 마디 건네는 것보다 참아 두었다가 글로 옮겨 전하는 것이 부모의 지혜다. 두고두고 읽으며 사랑하는 마음과 당부하는 바를 잊지 않을 것이니 이만한 '일석이조'가 어디 있는가?

일 갑자를 달려와

예순한 살 겨울, 새로운 출발을 시작하며

지금은 아련한 청년 시절, 난 꿈꾸었다.

마음씨 착한 한 여자를 만나 결혼하고

딸 하나 낳아서 행복하게 살아가는 꿈

꿈이 뭔지도 몰랐던 그 시절에

내 꿈은 평범한 것이었을까?

가당치도 않은 소망이었을까?

상상하고 꿈꾸던 대로

나는 그녀를 만나 결혼했고 딸 하나를 낳았다.

딸을 낳은 지 28년

그녀를 만나 결혼한 지 어느덧 29년 세월이 지났다.

품 안에 안겨 눈망울을 빛내던 어린 딸,
석사를 마치고 박사를 향해 달려가는
소중한 발걸음에 가슴이 뛴다.
젊은 시절 꿈꾸었던 그 이상의 현실에
너무나 감사한 마음이다.

때론 세찬 폭풍우를 맞고 때론 험한 언덕을 넘기도 했지만
피하지 않고 당당하게 견뎌온 지난 세월.
내 삶의 원천이었으며 행복의 우물이었던 내 인생의 세 여인,
늘 감사하고 존경하고 사랑하는
어머니, 아내 그리고 딸.

오늘 나는
그들을 위해 간절한 소망의 열쇠 세 개를 준비했다.

하나는
끝없는 인내와 희생으로 자식을 품어준 내 어머니에게 바
친다.
어려웠던 시절 뒷바라지 한 은공 갚지도 못한 회한 가득한데
지금도 패인 고랑마다 자식 걱정 한시도 놓을 수 없어
온몸이 불편한 내 어머니 부디 병마의 고통을 잊고
자애로운 하나님에게 모든 것을 맡길 수 있는 지혜를 주소서.

못난 아들의 눈물을 담은 이 열쇠로 부디 마음만은 평안하소서.

또 하나는
30여 년 묵묵히 나의 곁을 지킨 내 아내에게 바친다.
가난한 청년의 반려자로서
상대를 더 빛나게 만들기 위해 꽃잎을 모두 소진한 그녀,
여전히 그 향기는 남아 온 집안을 채운다.
그동안 감당했던 희생을 사랑으로 돌려받으며 내내 건강하기를…….
한 남자의 한없는 사랑을 담은 이 열쇠로 행복을 펼쳐가소서.

마지막 하나는
공부를 평생의 업으로 삼으려는 내 딸에게 바친다.
배우고 가르치는 즐거운 여행, 거짓을 솎아내는 참된 항해
진리 탐구를 위한 여정은 때론 고될지니
살피고 돌아보며 깨끗한 삶으로, 맑은 영혼으로
세상에 꼭 필요한 사람으로 살아가기를…….
아비의 과한 욕심을 담은 이 열쇠로 밝은 미래를 열어가소서.

꿈을 꾸고 이루며 살아온 지난 날
행복했던 인생의 바탕에는

소중한 이들의 희생과 사랑, 염원이 배어 있다.

세상의 풍파에 지칠 때
잠 못 이루며 앞날을 고민하며 외로워할 때,
그들은 나를 잡아주었고 내게 힘을 주는 샘이었다.

내 가족의 사랑, 흠뻑 누리고 듬뿍 받아왔던 세월
이제 나도 사랑하는 이를 위해 간절한 염원이 되어야겠다.
이제 나도 사랑하는 이를 위해 진심 어린 바람이 되어야겠다.
더디게 지나가는 여름, 스산한 가을이 찾아오는 길목에서
내 인생 가장 굳센 약속이 되어야겠다.

60년을 살았으나 '참 길었다'는 느낌이 전혀 들지 않는다. 묵묵히 앞만 보고 달려왔으니 남자들의 인생은 눈가리개를 한 경주마 같다는 말이 실감난다. 세상을 향해 날뛰는 남자들을 다독여주는 건 실상 지혜로운 여자들이다. 그녀들의 현숙함과 한없는 참을성이 남자들의 열정을 잠시 식혀 냉정한 사고를 하게 만들고, 잠시 짬을 내 주변을 돌아보는 여유를 선물한다. 60년을 사는 동안 내가 가슴으로 사랑한 여인 어머니, 아내, 그리고 딸에게 새삼스럽게 미안하고 고맙다. 남은 인생, 더욱 감사하며 아끼고 사랑하며 살리라 다짐해본다.

진정한 사랑

2월의 마지막과 3월의 시작이 겹치는 새로운 한 주가 시작됐다. 바쁜 월요일 오전 업무를 마치고 갈비탕으로 점심의 허기를 달랜 뒤 사무실 창가에 앉았다. 차 한 잔을 마주하고 따사로운 햇살을 맞노라니 지난 주말에 만난 사위 도연이와 손주 수빈이 얼굴이 떠오른다.

오늘은 치과 진료차 현이와 둘째 손주 시호가 상경하지만, 서로가 바쁜 일정 탓에 함께하지 못할 것 같아 아쉬움만 남는다. 아내 희옥과 더불어 오늘의 나를 완성한 것은 사랑하는 가족들이다. 문득 지난 세월이 빠르게 머릿속을 스치며 지나간다. 창가를 내려다보니 사람들의 바쁘게 움직이는 모습들, 내 옛 시절의 추억도 그랬으리라. 정신없이 사느라 문득 잊고 있었던 화두가 떠오른다. 과연 삶이란 무엇이고 사랑이란 무엇인가.

얼마 전 '사랑'의 어원을 찾아보았더니, 몇 가지의 각기 다른 의미들을 알 수 있게 됐다. 그중에서도 내게 특별히 와닿았던 내용이 두 개 있었는데, 몇 번이고 음미해볼 정도로 가슴에 남는다. 첫 번째는 '살아가다'라는 의미의 '살다'가 사랑이라는 단어의 어원이 됐다는 주장이다. 사랑이 없으면 생명이 태어날 수 없고, 생명을 유지할 수 있는 동력도 사랑이니 꽤 설득력이 있어 보인다. "사람은 살기 위해 사랑하고(love to live), 사랑하기 위해 살아간다(live to love)." 얼마나 멋진 표현인가?

또 다른 해석에 따르면 사랑은 한자어인 '사량思量'에서 왔다는 것이다. '사思'는 생각한다는 뜻이고 '량量'은 헤아린다는 의미다. 문자 그대로 풀이하면 사랑은 누군가를 생각하고 헤아린다는 것인데, 정말 가슴에 오래 남고 뼈에 사무칠 정도로 정확한 해석이다. 내가 평소에 가지고 있는 생각을 그대로 정리해놓은 듯해 무릎을 치며 탄복하지 않을 수 없었다. '생각의 량量'을 사랑이라고 한다면, 사랑하는 대상에 대해서 얼마나 생각하는지의 총량이 바로 사랑의 크기 아닌가? 만약 어떤 사람을 진심으로 사랑한다면, 수시로 그 사람이 생각나야 한다.

멋진 경치를 보거나 맛있는 음식을 먹을 때, 눈 내리는 겨울날, 추적추적 비 오는 날, 바람에 낙엽이 흩날리는 가을 풍경에도 생각나는 사람, 추운 날씨에 어깨를 움츠리고 집을 나설 때도 가장 먼저 걱정되고 떠오르는 사람이 있다면 그 사람을 깊이 사랑하는 것이다.

사랑의 대상이 꼭 사람이 아닐 수도 있다. 음악이 될 수도 있고 그림이 될 수도 있다. 자꾸만 생각나고 또 보고 싶고 다시 가보고 싶은 마음이 커진다면 사랑도 함께 커지는 것이다. 나는 요즘 하루에도 수없이 보고 싶고 생각나는 사람이 있으니 아내와 딸, 사위, 그리고 손주인 수빈이, 시호다. 수시로 그네들이 생각나고 보고 싶고 그리워지니 어찌 사랑하지 않는다고 할 수 있으랴. 사랑하는 사람은 내 마음 안에서 언제나 같이 숨을 쉬고 있는 것이다. 사람은 무엇으로 사는가? 언제 가슴이 가장 따뜻해지는가? 사람은 사랑을 먹고 사는 것 같다. 적어도 나는 그렇다. 잘났든 못났든 지금의 나를 누가 만들었는가? 바로 나를 사랑해 주었던 사람들이 아닌가?

열심히 살아야겠다 다짐하고 한눈팔지 않고 최선을 다해 살아온 젊은 시절 가장 큰 동력은 부모 형제였다. 결혼하고 아내를 만난 이후로는 그 대상이 자연스럽게 아내로 바뀌었다. 부모님을 모시고 동생들과 함께 적지 않은 대가족이 작은 아파트에서 모여 살면서도 한 번도 불평하지 않았던 아내는 정말 내 평생의 은인이다. 좁은 아파트 방 하나에 신접살림을 차렸을 때, 정말 열심히 살아서 돈을 벌어야겠다는 다짐을 굳게 했었다. 새벽부터 일찍 일어나 가족들을 위해 자신의 모든 것을 희생하고 헌신한 아내를 생각하면 지금도 가슴이 아프고 눈물이 난다.

하나밖에 없는 내 딸 현이가 태어나면서 삶의 동력 하나가 더 생겨났다. 자식에 대한 사랑은 부모나 아내와는 또 달랐다. '차원이 다르다'는 표현이 맞을 것이다. 딸을 위해서라면 무슨 일이든 못할 것이 없다는 생각이 들었다. 무엇보다 풍요롭게 키우고 싶었고, 멋진 아버지 사랑받는 아버지가 되고 싶었다. 딸을 바라보면 정말 예쁘다는 생각부터 든다. 아무런 이유가 없다. 그냥 무조건 어여쁘고 사랑스럽다. 딸이 결혼한 이후에는 자연스럽게 우리 딸과 사위를 동시에 생각하게 되었다. 맛있는 음식을 먹을 때도, 좋은 곳을 여행할 때도, 출근길 차 안에서도, 거리에 오가는 사람들 속에서도 나는 자연스럽게 두 사람이 생각난다. 많은 사람들 앞에서 '내 딸 예쁘지요? 우리 사위 멋있지요?'라고 자랑하고 싶은 마음이 솟아나지만, 민망한 마음에 속으로만 크게 외치고 만다. 손주인 수빈이와 시호가 세상에 태어나고 나서는 정말 만나는 사람마다 자랑하고 싶은 마음을 억누를 길이 없다. 어떻게 표현해야 할지 모를 정도로 보고 싶고 다시 또 보고 싶다.

사람은 무엇으로 사는가. 나는 감히 말할 수 있다. 사람은 사랑으로서만 살아갈 수 있다. 상대에 대한 한없는 관심과 이해, 책임감, 고마움, 아무런 대가 없이 주고 싶은 마음을 먹으며, 사랑은 무럭무럭 자라고 커다란 그늘을 드리우는 아름드리 거목으로 성장한다.

오늘도 나는 사랑하는 아내와 딸, 사위, 손주 수빈이, 시호에게 헤아릴 수없이 많은 사랑思量을 보낸다. 그들 덕분에 나는 항상 감사하고 행복한 기억밖에 모르는 사람이 된다.

평범함의 미학

평범하게 살아가는 것을 평생 꿈꾸는 사람도 있고, 평범하게 사는 것은 의미 없다고 주장하는 사람도 있다. 각자의 의견 모두 일리가 있지만, 굳이 내 의견을 말하자면 전자에 방점을 찍고 싶다. 평범하게 산다고 해서, 도전정신 없이 안주하는 삶을 의미하는 것도 아니며, 패배주의에 빠져 흘러가는 대로 사는 것도 아니다. 우선 평범하게 사는 과정 자체가 쉽지 않다. 끊임없이 스스로를 절제하면서, 남에게 폐 끼치지 않으려는 자기반성이 뒤따라야 하기 때문이다. 많은 이들이 모였을 때 자신의 의견만을 고집하지 않고, 때로 역지사지의 태도로 되돌아보는 균형적 사고도 필요하다. 공적을 쌓았을 때 자신만의 업적으로 삼지 않고 여럿의 협력을 먼저 치켜세우는 이타적 마음씨가, 세칭 '평범한 사람들'의 특징이기도 하다. 함께 식사하는 자리에서도 먼저 숟가락을 들지 않고 다른 사람의 자리를 챙겨주는 것은 물론, 조금 모자라다 싶을 정도로 자기 몫을 덜어내는 마음 씀씀이가 평범함을 만든다. 우리 사회는 평범한 사람들의 십시일반으로 주춧돌을 박고 기둥을 세우며 서까래를 올리고 지붕을 씌운다. 그러니 평범한 사람들을 무시하지 말라. 그들은 늘 뒷줄에 서 있지만, 앞줄에 설 자격이 없어서 그런 것이 아니다. 단지 겸손과 양보가 몸에 배어있을 뿐이다.

아내를 소개합니다

제 아내 이희옥은 꿈을 그리는 화가입니다. 대학을 졸업하고 중등학교에서 학생들을 가르치는 수학 선생님으로 재직하기도 했습니다.

저를 만나고 가족이 생기면서, 바쁜 일상 속에서도 시간을 쪼개어 그동안 하고 싶었던 그림 공부를 시작했습니다. 가족을 위해 늘 희생과 헌신으로 일관한 삶이었지만 자신의 꿈을 잃지 않고 늘 꿈꿔오던 자신의 철학과 소신을, 사랑하는 가족과 지인들, 벗들과 함께 인생의 캔버스에 그려온 아름답고 순수한 영혼입니다.

청년 시절 아내를 처음 만났을 당시 제 마음을 울렸던, 말없이 따뜻하게 상대를 배려하는 속 깊은 그 마음을 저는 여전히 잊지 않고 간직하고 있습니다.

가정을 꾸리고 부모님을 모시고 아이를 낳아 기르며, 남들과 다를 바 없는 평범한 인생을 살면서도 아내는 늘 은은하고 기품있는 향기를 잃지 않았습니다. 언제나 자신의 자리에서 묵묵히 가족들을 위한 밑그림을 그렸습니다. 변함없는 격려와 헌신, 절제된 행동으로 아름다운 한 가정의 그림을 담담하게 완성시켰습니다.

때로는 화려한 색으로 자신을 뽐내는 모란과 작약이고 싶었을 것입니다. 때로는 스포트라이트를 받는 무대 위의 장미와 튤립이고 싶었을지 모릅니다. 하지만 가족들의 안전하고 평화로운 동행을 위해 안개꽃처럼 은은하게 가족들의 울타리가 되는 것을 마다하지 않았습니다.

그 한없는 희생과 절제, 헌신 덕분에 우리 가정은 평화롭고 화목한 일상을 유지하고 오늘날까지 이어올 수 있었습니다.

한 집안의 며느리로서 그리고 아내로서 엄마로서 묵묵히 실천해온 현숙함에, 진심으로 무릎 꿇고 경의의 찬사를 바칩니다. 발 등에 입 맞추는 영광을 기꺼이 사양하지 않겠습니다.

제 아내의 캔버스에는 아직도 많은 여백이 남아 있습니다. 앞으로 더 멋진 자신의 꽃 그림을 그릴 수 있도록 진심으로 응원하겠습니다. 자신을 낮추고 애써 주저하며 가족들의 행복을 뒷받침하는 것도 좋지만, 때론 힘찬 붓 터치로 강렬한 색채를 뿜어내는 열정도 기대합니다.

아내의 옆에서 물통의 물을 갈고 물감을 개는 역할이라도 기꺼이 수발하며 지금껏 혼자 감당했던 지난 세월을 조금이라도 보답하는 동반자가 되겠습니다.

지금보다 더 멋지고 아름다운 인생의 후반부를 완성해나갈,

인생의 아티스트 이희옥 씨를 여러분에게 소개합니다.

당신의 이름을 불러봅니다

서른다섯 해, 한결같은 마음을 담아
조용히 당신의 이름을 불러봅니다.

나의 아내 이희옥 씨,
오늘 당신의 60년 지난 세월을 담은 특별한 생일을 맞아,
우리가 서른다섯 해 함께한 지난 세월을 뒤돌아봅니다.

언제나 나의 곁에서 가장 든든한 힘이 되어준
나의 아내 희옥 씨,
아내, 엄마, 그리고 며느리라는 이름에 담긴 삶의 무게를 끝없는 인내와 사랑으로 고스란히 견뎌낸 당신, 우리가 함께한 굽이굽이 넘어온 35년 지난 세월이 새삼스레 그립고 소중한 기억으로 떠오릅니다.

처음 만나 평생을 다짐하기까지 가슴 뛰고 설렜던 순간들, 서로의 얼굴을 바라보며 우리의 미래를 약속하던 가슴 속의 다짐들, 손잡고 함께 걸었던 불광동 언덕길, 대학로의 바람에 흩날리던 마로니에 나뭇잎, 명동길 마스카니의 까발레리아 루스티까나 간주곡을 들으며 이 사람을 위해서라면 무엇이든 열심히 최선을 다하리라 가슴 깊이 다짐했던 그 기억들이 바로 어제의 일인 듯 생생하게 떠오릅니다.

부모님으로부터 물려받은 올바른 심성 외에는 아무것도 가진 것 없었지만, 그것 하나만으로 나를 믿어주었고 따뜻하게 손잡아주었던 당신이 있었기에, 세상을 헤쳐나갈 자신감이 생겨났고 용기와 꿈을 키울 수 있었습니다. 거짓 없던 나의 진심을 조건 없이 믿어주었던 당신의 순수함, 뛸 듯이 기쁜 마음이었어도 속으로만 갈무리하던 감사의 마음, 35년의 세월이 지났어도 한 치도 변치 않았음을 확인하며 매 순간 안도합니다.

과하지도 모자라지도 않는 미소로, 언제 어디서든 나를 격려해준 나의 아내 희옥 씨,
우리가 함께 이룬 모든 것 중 단연 으뜸은 바르고 건강하게 자라서 세상에 내보낸 현이입니다. 때로는 힘들고 견디기 버거운 순간이 찾아왔을 때도, 당신과 현이의 존재는 나에

게 든든한 희망의 버팀목이었고, 그 덕분에 세상에 맞서 당당할 수 있었습니다.

언제부터인가 당신과 나의 또 하나 든든한 기둥이 되어준 도연이와 기적 같이 찾아온 수빈이와 시호, 두 천사가 또 다른 행복과 감사함을 가져다주니, 이 벅찬 가슴 또한 당신에게 무한 감사합니다.

나의 아내 희옥 씨,
아직도 나에게는 여전히 처음처럼 아름다운 당신이지만, 세월의 질긴 방문을 끝내 거절하지 못한 흔적을 혹여 발견하노라면 한없이 미안하고 고맙기만 합니다.
불현듯 우리가 결혼하던 날이 떠오릅니다. 새벽 일찍 회사로 출근했다가 오전 근무를 마치고 결혼식장으로 달려갔었던 기억, 결혼식을 마치고 신혼여행 계획도 없이 "우리 어디로 가지?", 그 옛날 소년 시절에 다녔던 초등학교에 가보고 싶다는 나의 제안을 말없이 미소 지으며 따뜻하게 받아준 당신의 그 속 깊은 배려, 그것이 우리의 아름다운 시작이었습니다.

현이가 초등학교 2학년 무렵, 당신은 힘든 집안일로 인해 디스크 수술을 받아야 했습니다. 수술실로 들어가는 당신 모습을 뒤로 하고, 급히 회사로 들어와서 회사 일을 다 마치고 달려간 병원 회복실에서 가녀린 몸을 뉘고 있던 당신을 바라보며 한없이 울었습니다. 혼자서 얼마나 두렵고 불안했을까? 자책하며 후회하고 당신의 쾌차를 빌었습니다.

아무것도 가진 것 없었던 시절, 남보다 더 열심히 죽도록 일하는 것만이 우리의 꿈에 가까이 갈 수 있는 지름길이라 생각했었던, 바보 같았던 이 남자의 지난 과오를 용서해줄 수 있을지요.
어느 새벽 혼곤히 잠든 당신과 현이 얼굴을 가만히 내려다보며, 가슴속에 사무치는 애틋한 감정을 애써 누르며 조용히 문을 닫고 나오면서 가슴으로 다짐했습니다. 나를 믿고 나를 걱정하고 나만을 의지하며 배려하는 사람이 있으니 더욱 힘을 내야겠다고.

나의 아내 희옥 씨,
희생과 헌신의 울타리가 되는 것을 기꺼이 감수했던 당신 덕분에 우리 가족은 언제나 평화롭고 화목한 행복을 지킬 수 있었습니다. 당신이 그려내는 아름다운 꽃 그림은 우리가 함께한 삶의 소망과 간절한 기도이며, 당신의 인내와 정성으로 가꾸어온 순수한 영혼이라 믿습니다.

나의 모든 것, 나의 절망까지도 사랑한 나의 아내 희옥 씨,
흐르는 세월을 거슬러 다시 한번 당신에게 고백합니다. 내 인생에 단 한 번이라도 빛나던 순간이 있었다면 그것은 오로지 당신의 힘입니다. 오랜 세월 묵묵히 견뎌온 당신의 공로입니다.
우리의 남은 미래를 걸고 다시 한번 당신에게 다짐합니다. 당신의 향기가 담긴 꽃 그림처럼 더 소중한 삶을 내 마음속에도 그려 가겠습니다. 지금껏 감내했던 당신의 헌신을 영원히 잊지 않겠습니다. 남은 인생을 오직 당신에게 드릴 행복을 고민하는 아름다운 허영심으로 가득한 한 남자로 살겠습니다.

아내에게 쓰는 편지가 민망하고 어색하지 않느냐는 질문을 간혹 받는다. 내 소신을 강하게 주장해 상대방의 입장을 곤란하게 하고 싶지 않아서 그럴 때마다 조용히 되묻곤 한다.

"혹시 아직 한 번도 편지를 써보지 않으셨는지요?"

직접 경험하지 않은 사람의 질문에는 선입견이 담겨 있기 마련이다. 아직 가보지 않은 미지의 세계를 추측만으로 어떻게 알 수 있으랴? 아내에게 한 번이라도 편지를 써본 사람이라면, 눈물 한 번 흘리지 않고 편지를 완성했노라 말할 수 없을 것이다. 아내에게 보내는 편지는 그런 것이다. 함께 살아온 세월을 추억하며 그리움에 젖고, 잘못을 후회하고, 앞으로 남은 시간을 어떻게 더 잘 살아야 할지 새로운 다짐을 가슴에 새기는 시

간이다. 아내와의 사랑에 확신이 없다면 망설이지 말고 당장 편지를 쓰자. 편지를 완성할 무렵이면 가슴 깊은 곳에서 사랑의 샘물이 펑펑 솟아나 말라버린 우물을 가득 채울 것이다.

Bravo My Life

일흔 번째 겨울을 맞으며

열심히 걸어왔다 자부하는 세월, 나의 가족과 가정을 지켜야 한다는 절박함이 내 삶의 원동력이었습니다. 내 가족이 내 인생의 전부라고 생각하며 살아왔던 세월, 지나온 세월을 어찌 글로 말로 다 표현할 수 있을까. 내게는 가족과 함께했던 모든 순간들이 크나큰 선물이었습니다.

오늘 이렇게 가족이 얼굴을 마주 대하고 정담을 건네며, 건강을 기원하고 앞날을 축복할 수 있는 소중한 날에 감사하고 또 감사합니다. 아무 조건 없이 그저 만나면 기쁘고 행복하고 모든'걸 내주어도 아깝지 않은, 더 많은 걸 찾아 더 내어주고 싶은 대상, 가족이란 바로 이런 것입니다.

사랑하는 나의 아내 희옥 씨,
당신의 이름을 부를 때마다 얼마나 가슴 떨리고 마음 시린지 모릅니다. 어느새 우리가 함께한 지 서른여덟 해를 맞았습니다. 서로 기대어 두 손 꼭 잡고 넘었던 인생 고개는 그보다 더 많았겠지요. 그 모든 순간마다 당신에게 감사했고, 당신을 만나게 해준 나의 운명에게 무한 감사하며 오늘에 이르렀습니다.

지금도 젊은 시절 물방울무늬 원피스 차림의 당신을 생각하면, 세상 모든 사람들이 나를 부러워하는 것 같았습니다. 가진 것 없던 청년 조현철의 어깨는 그때마다 으쓱거렸습니다. 저절로 용기와 열정이 용솟음쳤습니다.

우리의 소중한 결실 현이가 태어나고 자라는 동안, 당신이 보여줬던 그 끝없는 인내와 희생을 나는 영원히 잊지 못합니다. 뒤돌아보면 당신과 현이만 옆에 있으면 절로 힘이 났습니다. 세상 부러울 것 없던 그 시절이 내 인생에 가장 행복한 순간이었음을 세월이 흐를수록 새삼 절감합니다.
이제 다시 일흔 번째 겨울을 맞으며 당신에게 머리 숙여 진심 어린 감사를 드립니다. 마치 중세 유럽의 기사처럼 무릎 꿇고 다시 한번 영원한 사랑을 서약합니다.

사랑하는 내 딸 지현아,

그리고 든든한 나의 사위 도연아

소중한 자리를 준비해준 두 사람에게 진심으로 고맙고 감사합니다. 매년 맞이하는 생일이 무어 그리 특별할 것도 없는데, 항상 특별한 날로 기억하고 진심을 전해주는 두 사람의 마음이 오늘따라 더욱 각별하고 애틋하게 다가와 가슴이 뭉클합니다.

지금껏 초심을 간직한 채 흔들리지 않고 자신의 자리를 지켜준 두 사람의 사랑에 감사하고 또 감사합니다. 서로를 신뢰하며 가족의 울타리를 튼튼하게 세워온 두 사람의 배려와 사랑에 무한 감사합니다. 수빈이와 시호, 두 천사를 헌신적인 사랑으로 돌보는 수고에도 감사하고 또 감사합니다. 매사에 열심히 준비하고 노력하는 현명함에 감사하고, 가족들

과 주위 사람들을 정성껏 배려하는 지혜로움에도 정말 감사합니다.

눈에 넣어도 아프지 않을 우리 가족 최고의 행복 천사 수빈아, 그리고 시호야.
갓 태어나 예쁜 눈망울을 굴리며 옹알이하던 아기들이 어느새 이렇듯 건강하게 무럭무럭 자라주었습니다. 그 신비로움의 감사함을 어찌 다 말로 표현할 수 있을까요. 달려와 품에 안길 때 세상에 이토록 행복할 수 있는 일이 또 있을까 감사하고 또 감사합니다.

수빈아, 그리고 시호야
할아버지, 할머니는 물론 아빠 엄마의 기쁨이 되어줘서 너무나 감사하단다. 앞으로도 우리 가족들을 더욱 기쁘게 해줄 무한한 가능성에 깊이깊이 감사합니다.
얼마 전 수빈이가 뮤지컬 공연하던 날, 실전에 강한 우리 수빈이 씩씩하고 예쁜 목소리의 오프닝 멘트로 여러 친구들과 관객들을 행복하고 즐겁게 해주었으니 이 또한 감사합니다.
그리고 또 학교에서 크리스마스 공연하던 날, 우리 시호 너무 멋진 모습을 기억합니다. 그날 시호의 멋진 헤어 스타일은 공연 무대를 한층 빛나게 해주어서 할머니, 할아버지 어깨가 저절로 으쓱거렸답니다.

우리 수빈이와 시호가 할머니 할아버지를 행복하게 해줘서 정말 정말 감사합니다.

나는 오늘 이 세상에서 가장 행복하고 가장 감사한 사람입니다. 그 행복하고 감사한 마음을 담아, 남은 세월 더욱 사랑하며 더욱 감사하며 살겠노라 가슴으로 다짐합니다.

오늘 이 시간, 지난 세월의 눈물이 이슬이 되어 내 마음의 꽃밭에 내리고, 내가 사랑하는 가족과 함께 나 여기 서 있으니 무한 감사합니다. 일상의 매 순간이 사랑과 감사함으로 가득한 우리 가족이게 하소서.
사랑합니다. 그리고 감사합니다.

소중한 시간들에 대한 추억

또 한 해를 보내면서

한 해가 저물고 있다. 한 해가 저물고 새로운 해가 밝아오는 것은 자연과 순환의 이치, 스스로 통제할 수 없는 것인데도, 늘 아쉬운 마음과 함께 또 한 해가 저물어간다. 아쉬운 마음이 가시기도 전에 새해는 어김없이 우리 앞에 성큼 다가온다. 한 해를 보내는 아쉬움과 허전함을 희망찬 새해 계획으로 채워야겠다.

시간은 과거, 현재, 미래로 분산되어 흘러가는 물리적 개념이 아니라, 과거와 현재 그리고 미래가 공존하는 총체적 통합체라고 하던가. 과거는 기억으로, 현재는 직관으로, 미래는 기대로, 함께 존재하며 머문다.

과거가 지나가버린 것이 아니라, 기억을 통해 우리 곁에 머물고 있는 또 다른 현재다. 미래가 아직 다가오지 않은 것이 아니라, 기대와 꿈으로 빛나는 또 다른 현재다. 과거를 어떻게 회상하느냐에 따라, 또 미래를 어떻게 꿈꾸느냐에 따라 지금 현재의 삶과 행복이 확연하게 달라진다.

한 해의 마지막을 앞두고, 후회가 없는 사람은 없을 것이다. 후회하는 모습을 들키면 자칫 계면쩍을 수도 있고, 그 자체가 부끄러울 수도 있다. 하지만 한 해를 보내면서, 사람들은 새로운 다짐을 하기 마련이다.

더 열심히 했어야 한다고, 더 신중히 했어야 한다고. 그리고 앞으로는 더 잘하겠다고. 이처럼 결국 후회는 반성이고 성찰이니, 결코 오욕의 산물이 아니다. 한 해를 결산하고 새해를 다짐하는 희망이다. 관점이 달라지면 세상이 달리 보이고, 삶의 자세도 달라진다.

삶의 좌표가 분명해 미래와 목적을 향해 달려가는 사람은 아름다운 사람이다. 꿈을 이루기 위해, 무엇을 어떻게 해야 하는지 고뇌하는 사람도 행복한 사람이다. 어려운 일이라 할지라도 용기를 내야 할 것이다. 꿈을 이루고자 하는 용기만 있다면, 또 멈추지 않는 끈기와 땀 흘리는 것을 기꺼이 즐거워할 수 있다면, 꿈은 반드시 이루어진다. 꿈은 상상 속에서만 존재하는 이미지가 아니라, 도달할 수 있는 목표의 실체다.

고독은 나를 만나는 시간이다. 사람들과 일상에서 벗어나 가장 솔직하게 마음을 터놓고 자신과 얘기하는 시간이다. 자신과의 대화를 통해 가장 진실한 답변을 얻어낼 수 있으니, 때로 고독은 영혼을 맑게 해주는 기회이자, 당당히 누려야 할 최소한의 인권이다.

한 해를 보내는 길목에서 나 자신을 성찰하며 진심으로 고맙고 감사한 마음뿐이다. 때론 고마운 마음, 감사한 마음을 일일이 다 표현하지 못할 때가 많다. '고맙다', '감사하다'는 말만으로는 도저히 내 마음속의 고마움과 감사함을 다 표현하기 부족하다. 소중한 사람들, 소중한 순간들을 되새기는 한 해의 마지막 성찰에 절로 숙연해진다.

도판목록

〈꽃바람, 꽃비〉에 쓰인 도판은 모두 이희옥 작가의 꽃 그림이다.
그 목록은 다음과 같다.

76쪽
〈고지황〉(2020)
종이에 수채색연필, 364×515mm.

78쪽
〈갯활량나물〉(2022)
종이에 수채색연필, 364×515mm.

88쪽
〈복주머니란2〉(2018)
종이에 수채색연필, 297×420mm.

93쪽
〈노각나무〉(2016)
종이에 수채색연필, 364×515mm.

102쪽
〈풀협죽도〉(2016)
종이에 수채색연필, 297×420mm.

139쪽
〈담쟁이덩굴잎〉(2018)
종이에 수채색연필, 280×280mm.

185쪽
〈타래붓꽃〉(2021)
종이에 유성색연필과 수채색연필, 364×515mm.

188쪽
〈광릉수목원〉(2019)
종이에 연필, 297×210mm.

220쪽
〈파피오 페딜럼〉(2016)
종이에 수채색연필, 297×420mm.

227쪽
〈라일락 '센세이션'〉(2024)
종이에 수채물감과 색연필, 364×515mm.

234쪽
〈크리스마스로즈〉(2015)
종이에 수채색연필, 364×515mm.

239쪽
〈산국〉(2022)
종이에 수채색연필, 210×297mm.

244쪽
〈꽃사과〉(2022)
종이에 수채색연필, 364×515mm.

247쪽
〈떡윤노리나무〉(2021)
종이에 수채색연필, 364×515mm.

바람 맞고 비에 젖어도

꽃바람 꽃비

초판 1쇄 2024년 12월 20일

글 조현철
그 림 이희옥

책임편집 박병규
디 자 인 박경아(@select_form)

펴 낸 이 박병규
펴 낸 곳 생각의닻
등 록 2020년 11월 11일 제2020-40호
주 소 (01411) 서울시 도봉구 마들로13길 84
창동아우르네 1층 신나
전 화 (070) 8702-8709
팩 스 (02) 6020-8715
이 메 일 doximza@gmail.com

I S B N 979-11-973552-7-1 (03810)